U0135458

犹太文丛

KHIRBET KHIZEH

黑泽废墟

[以色列]

S.伊兹哈尔

著

钟志清

译

浙江人民出版社

图书在版编目（CIP）数据

黑泽废墟 / （以）S. 伊兹哈尔著；钟志清译. — 杭州：浙江人民出版社，2024.1
ISBN 978-7-213-11052-8

Ⅰ. ①黑… Ⅱ. ①S… ②钟… Ⅲ. ①中篇小说-以色列-现代 Ⅳ. ①I382.45

中国国家版本馆CIP数据核字（2023）第066166号

浙江省版权局
著作权合同登记章
图字:11-2019-315号

黑泽废墟

[以色列] S. 伊兹哈尔　著　钟志清　译

出版发行：浙江人民出版社（杭州市体育场路347号　邮编　310006）
　　　　　　市场部电话:(0571)85061682　85176516
责任编辑：汪　芳
营销编辑：陈雯怡　陈芊如　张紫懿
责任校对：陈　春
责任印务：程　琳
封面设计：秦　达
电脑制版：杭州天一图文制作有限公司
印　　刷：杭州富春印务有限公司
开　　本：880毫米×1230毫米　1/32　　　印　　张：4
字　　数：70千字　　　　　　　　　　　　插　　页：10
版　　次：2024年1月第1版　　　　　　　印　　次：2024年1月第1次印刷
书　　号：ISBN 978-7-213-11052-8
定　　价：52.00元

如发现印装质量问题,影响阅读,请与市场部联系调换。

S.伊兹哈尔(1951年，源自维基百科)

《黑泽废墟》希伯来语版(钟志清摄)

1948年内盖夫被毁的阿拉伯村庄

（源自以色列国家图片集，Zlotan Kruger摄）

1948年采法特被弃的阿拉伯村庄

（源自以色列国家图片集，Zlotan Kruger摄）

1948年叙利亚大马士革难民营(源自维基百科)

1948年巴勒斯坦难民(源自维基百科)

影片《黑泽废墟》导演拉姆·莱维(源自以色列《晚报》)

影片《黑泽废墟》演员（源自维基百科）

译　序

伊兹哈尔（S. Yizhar）的《黑泽废墟》是我翻译的最为撼人心魄的现代希伯来语经典作品之一。

2008年秋冬之交，身为英国学术院访问学者的我从以色列作家阿摩司·奥兹（Amos Oz）最重要的英文译者、剑桥大学尼古拉斯·德朗士（Nicholas de Lange）教授手中拿到此书的英译本。德朗士教授还友好地在扉页上题写了"一位译者致另一位译者"几个字，我十分珍视译者之间的这份情谊，对这本小书更是爱不释手，甚至在从伦敦飞往北京的飞机上还在认真阅读。但没想到，由于疲惫与匆忙，我到家后才发现此书不见了，几次致电机场，终究未果。尽管后来，我又从以色列合作伙伴的手中再次得到此书的英译本和希伯来语原版书（Kinneret, Zmora-Bitan Dvir Publishing House, 笔者翻译时主要依据的便是这个文本），但无论如何，也无法弥补我丢失德朗士教授赠书的遗憾。

值得回味的是，我第一次在以色列留学时，适逢奥兹在1996年冬天应邀到特拉维夫大学讲学，讲的就是伊兹哈尔小说，但当时我还不能听懂奥兹的希伯来语讲座，只好在讲座之后回宿舍阅读资料，试图了解伊兹哈尔，也试图约见他，不过他当时住在雷霍沃特（Rehovot），我住在特拉维夫，最终未能如愿。

我曾经在《变革中的20世纪希伯来文学》一书中较为详细地探讨伊兹哈尔的短篇小说创作，包括《黑泽废墟》，当时把此书书名翻译成《赫伯特黑扎》。小说原名"Khirbet Khizeh"指的是一个虚构的阿拉伯村庄。Khirbet 在阿拉伯语中意为"废墟"，Khizeh 是阿拉伯语的村庄名，此次采取音译与意译结合的方式将书名译作《黑泽废墟》，能与文中描述的肮脏、阴暗的环境形成某种关照。最初阅读此书的感觉是，小说虽然篇幅不长，但充分地体现了第一代本土以色列作家的创作特色，注重风光、景物与植被的描写，用优美的词语描绘出一幅典型的巴勒斯坦地区风光图，为推进情节做铺垫。在语言上，伊兹哈尔的语言十分凝练，又不乏抒情之风。他喜欢把多个名词、动词、形容词连用，其间夹杂着大量的希伯来语日常用语、俚语、阿拉伯语词汇和《圣经》典故，给理解和翻译造成了极大难度。因此，当南京大学宋立宏教授推荐我把这部经典小说翻译成中文时，我开始十分犹豫。最后决定承担此项工作，也是出于我们这代学者对译介希伯来文学具有的义不容辞的使命感吧。在这里特别感谢宋立宏教授和浙江人民出版社汪芳女士的通力合作与支持。

伊兹哈尔（1916—2006）是公认的第一位以色列本土作家。以色列本土作家是指那些出生在巴勒斯坦，或虽然出生在流散地，但自幼来到巴勒斯坦，在犹太复国主义①教育体制下成长起来的作家。要研究当代以色列文学，他显然是一座无法绕过的丰碑。伊兹哈尔原名伊兹哈尔·斯米兰斯基（Yizhar Smilansky），笔名萨迈赫·伊兹哈尔，生于以色列中部的雷霍沃特，是俄国新移民的后裔，父亲杰夫·斯米兰斯基（Zeev Smilansky）既是教师、作家，又在农业聚居区务农，尽管他在果园里雇用阿拉伯工人，但是相信做"希伯来

---

① 现代犹太复国主义是一场犹太民族主义运动，最早兴起于中欧和东欧，拥有政治犹太复国主义和文化犹太复国主义等不同分支。政治犹太复国主义的先驱者西奥多·赫茨尔（Theodor Hertzl）主张犹太人回到巴勒斯坦，在那里建立犹太民族家园，解决欧洲犹太人的受难问题。从 1897 年到 1948 年，犹太复国主义运动的主要目标是在巴勒斯坦建立犹太民族家园的基础，并在之后对其加以巩固。1948 年以色列建国，可以说在某种程度上实现了犹太复国主义领袖们的最初理想。1948 年之后，犹太复国主义继续代表以色列国家，应对其生存威胁。20 世纪七八十年代，后犹太复国主义逐渐兴起，它主张以色列应该放弃"犹太民族国家"的概念，而成为所有公民的国家。总之，犹太复国主义运动概念本身十分复杂，且在不断地发展。

劳动者"① 乃犹太人回归土地的一个基本因素。② 伊兹哈尔的伯祖是现代希伯来文学史上最早表现阿拉伯问题的作家之一摩西·斯米兰斯基（Moshe Smilansky），他主张阿拉伯人与犹太人和平共处。舅舅约瑟夫·维茨（Joseph Weitz）则主张从阿拉伯人手里赎回土地，希望通过签订协议等手段使阿拉伯人放弃自己的地盘，让两个自然群体根据自己的自然属性与信仰分治而居。不过他们都对在巴勒斯坦建立犹太国家的做法感到震惊。③ 在这样家庭长大的伊兹哈尔自幼把阿拉伯人视为巴勒斯坦天然的组成部分，就像他自己所说："我看风景，并看到了风景中的阿拉伯人。"④

伊兹哈尔曾系统接受过高等教育，在希伯来大学获得博士学位，他本人也多年从事教育工作，做过大学教授和国会议员。伊兹哈尔在 1938 年便创作了第一部中篇小说《爱弗拉

---

① 希伯来劳动者，希伯来语为עבודה עברית。20 世纪初，巴勒斯坦的一些犹太人，包括后来的犹太复国主义领袖大卫·本-古里安（David Ben-Gurion）主张要用希伯来或犹太劳动者取代阿拉伯劳动者，认为希伯来劳动者可以通过在土地上劳动改造自身，这一理念在犹太民族国家创建过程中起到至关重要的作用。

② Todd Hasak-Lowy, *Here and Now: History, Nationalism, and Realism in Modern Hebrew Fiction*, Syracuse: Syracuse University Press, 2008, p. 55.

③④ S. Yizhar, "About Uncles and Arabs," *Hebrew Studies*, Vol. 47 (2006), pp. 322—323.

姆又变成首蓿》，标志着"本土文学"的诞生。此后，他相继发表《在内盖夫沙漠边缘》（1945）、《黑泽废墟》（1949）、《四短篇小说》（1959）等中短篇小说集，《在洗革拉的日子》（1958）和《预先准备》（1992）等长篇小说，还有儿童文学作品及大量随笔和非虚构类作品，曾获"以色列奖"等多种奖项。

伊兹哈尔既是以色列文学的奠基者，也是现代希伯来小说大师，他的创作标志着希伯来文学从犹太文学到以色列文学的变革。他曾亲历1948年第一次中东战争，以色列方面把这场战争称作"独立战争"，而巴勒斯坦人则将其称作"大灾难"。作为参战者，伊兹哈尔在创作中既写出了战争的惨烈以及战争对人性的摧残，也批判了以色列士兵在参与军事行动时给巴勒斯坦阿拉伯人带来的灾难，以及由此产生的道德危机。其短篇小说《俘虏》和《黑泽废墟》堪称这类题材中最富有代表性的作品。

《俘虏》①写于1948年11月战争后期，当时的战争局面已经扭转，以色列士兵已经从惧怕战争转为对取得胜利深信不疑。《俘虏》写的是一群以色列士兵在一位中士的带领下，

---

① 史·伊扎尔：《俘虏》，秋枫译，徐新主编：《现代希伯来小说选》，漓江出版社1992年版。

前去执行抓捕阿拉伯俘虏的计划。在个人英雄主义思想的驱
使下，他们抓到了一个没有任何攻击性的贝都因人，即小说
题目中所说的"俘虏"，对其进行轮番轰炸式的审讯，甚至用
棍棒殴打他。后来，上方命令将俘虏转到另一个营地接受审
讯，奉命执行转移俘虏任务的以色列士兵动了恻隐之心，想
将俘虏放走，让他回去同家人团聚，但始终没有下最后的
决心。

作为一篇以战争为背景的小说，《俘虏》在展现战争残酷
性时没有大肆描写战争场面，而是刻意创造出与犹太复国主
义话语格格不入的叙述方式。小说开篇，作家为我们勾勒出
一幅静谧淳朴的贝都因人生活画面，贝都因人作为一支游牧
民族，与宁静的自然水乳交融：

> 远处的田间，人们正静静地牧着羊群，就像生活在
> 没有邪恶，没有罪孽的美好往昔，看上去那么无忧无虑，
> 悠闲自得。羊群在远处默默地啃着草，与亚伯拉罕、以
> 撒和雅各时代的羊群一模一样。①

---

① 史·伊扎尔：《俘虏》，秋枫译，徐新主编：《现代希伯来小说选》，
漓江出版社1992年版，第254—255页。

作品中的"俘虏"是土著居民，与自然浑然一体。但是，战争破坏了宁静的田园生活，执行巡逻任务的以色列士兵破坏了这种宁静而和谐的生活。以色列士兵还将阿拉伯人从带有田园牧歌色彩的土地上带走，割断了阿拉伯人同土地的联系，违背了犹太复国主义理念中蕴含的追求独立、与阿拉伯人和平共处的初衷。作者借讲述这一故事，对犹太复国主义者在实现政治理想时造成的负面影响予以讽刺。

尽管在以色列人的心目中，贝都因人和巴勒斯坦阿拉伯人的概念不同，但对建国后的以色列士兵来说均属于"他者"，增加了以色列人心理上的不安全感。可以不无夸张地说，以色列建国初期的现实主义文学负载着对以色列现实社会进行解说的功用，观念意义大于审美意义。在以色列独立战争的语境下，阿拉伯俘虏和以色列士兵分别代表着他们的民族。这两个世界的格格不入，象征着犹太人和阿拉伯人在巴勒斯坦地区冲突的不可调和。以色列犹太人痛苦地意识到本民族的不足之处，这一理念不仅成为短篇小说《俘虏》的主导思想，而且成为日后当代以色列文学的核心命题之一。

《俘虏》反映了独立战争期间虐待阿拉伯人这一挑战以色列良知的事件，并触及新建以色列国家如何处理阿拉伯人等诸多问题，今天读到的《黑泽废墟》① 则将这一系列问题更加明晰而尖锐地展现在读者面前，因此这部作品曾引起广泛争议。

《黑泽废墟》发表于 1949 年 5 月，当时正值第一次中东战争停火四个月之后。其情节围绕以色列人在战争期间驱赶阿拉伯村民展开。黑泽本来是一个虚构的阿拉伯村庄的名字，因作品使用的是第一人称，因而增强了现实感。加之曾经在 1948 年战争中做过情报官的伊兹哈尔本人一再声称他在作品中所描写的是他在 1948 年战争中亲眼看到的，所以一些学者便认为这部作品带有报告文学色彩。② 本质上看，小说是采用典型化的手法描写以色列 1948 年的战争对阿拉伯村民命运的影响，以及对参与战争行动的以色列士兵的心灵震撼。作品的细节是写实还是虚构并不重要，关键在于它所涉及的中心事件在战争期间具有典型性，黑泽废墟这个小村庄不过是战时被毁弃的数十个阿拉伯小村庄的冰山一角，村子里阿拉伯弱者的遭际代表着 1948 年巴勒斯坦阿拉伯人的共同命运。

---

① 该书希伯来语版为 *Khirbet Khizeh*，Or Yehuda：Kinneret，Zmora-Bitan Dvir Publishing House，2006；英文版为 S. Yizhar，*Khirbet Khizeh*，trans. Nicholas de Lange and Yaacod Dweck，Jerusalem：Ibis Editions，2008。

② Gila Ramras-Rauch，*The Arab in Israeli Literature*，Bloomington：Indiana University Press，1989，p. 67.

正是从那时起，伊兹哈尔产生了道德危机意识。①

　　小说所写的中心事件是征服、毁坏阿拉伯村庄，并驱逐其村民的军事行动。伊兹哈尔通过叙述人——一个年轻以色列士兵的眼睛，详细地描述了以色列军队如何在命令到达之际朝黑泽废墟展开攻势，清洗其已经不见人影、空空荡荡的街巷，把尚未逃亡的一些村民带上卡车运走。与村子里阿拉伯老人、女人的正面接触成为推动情节发展并展开以色列士兵心灵冲突的一个途径。以色列士兵碰到的第一个阿拉伯人是一个长着白色短胡子的老人，他毕恭毕敬，摆出一副顺民的架势，希望以色列士兵允许他与驮着家居日用品的骆驼一起离去，但一个以色列军官却让他在生命与骆驼之间做出抉择，并承诺不会把阿拉伯人杀掉。以色列士兵在是否放走阿拉伯老人这件事情上意见不一，有些人从人道主义角度出发，认为对一个老人来说把他放走即可；但以阿里耶为代表的另一些人则称如果双方角色发生对换，那么自己肯定为阿拉伯人所害，因此竭力主张要置阿拉伯人于死地。从今天回看，这样的争论似乎在以色列政治话语中延续了数十年，在某种程度上暗示着，在阿以问题上，许多人依然坚信非黑即白、

① Todd Hasak-Lowy, *Here and Now: History, Nationalism, and Realism in Modern Hebrew Fiction*, Syracuse: Syracuse University Press, 2008, p. 130.

你死我活，表现出一种纯然的二元对立。折中主义或者左翼人士的主张尽管人道、理性，却往往在残酷的现实面前不堪一击。

以色列士兵面对手无寸铁毫无反抗能力的阿拉伯村民而产生的心灵冲突，折射出过去数十年间以色列犹太人一直无法摆脱的自我意识与集体主义、良知与责任、个人信仰与国家利益的矛盾。围绕着究竟是否把阿拉伯村民从他们生存多年的村庄驱逐，运送到其他地方，使之永远不能回归这样一个放逐行动的争论、反省与类比中，这些矛盾达到了高潮。具体地说，作家描写了以色列士兵的心灵冲突，将这种冲突置于战争的背景之下，透视出战争的残酷性，以及具有道德意识的个体在国家利益与道德规范面前陷入举步维艰的两难境地。被迫参加驱逐行动的以色列士兵首先把驱逐阿拉伯村民之举视为"肮脏的工作"，随即向自己的指挥官发出抗议："我们真的要把他们赶走吗？"指挥官则回答说："行动命令中就是那么说的。"军人的天职就是服从命令，这在战争期间似乎成为一条准则。但是它与犹太人在成长过程中接受的"爱邻如己"的宗教理念、与阿拉伯人在一块土地上和平相处的复国理念、作为普通人的人道主义情怀发生抵触，因此以色列士兵对己方的行为发出谴责："这真的不对。""我们没有权利把他们从这里赶走。"

　　说到底，叙述人所面临的这种道德困境实际上体现了伊兹哈尔本人的道德理念与在 1948 年战争中身为犹太士兵应采取何种行动之间的冲突。在这方面，小说并没有给予清晰的审视，或者说，身为以色列犹太人，伊兹哈尔从内心深处一直在回避这个问题，这也是为何在以色列建国过程中，能否以道义手段对待另一个民族的生存权利问题始终无解的缘由所在。而近年的后犹太复国主义理论家则直接认定以色列国家对巴勒斯坦灾难与创伤负有不可推卸的责任，在犹太复国主义的最初理念中便有驱逐巴勒斯坦阿拉伯人的计划。①

　　战争挑战着人类良知与人类道德底线，难民问题是任何战争无法避免的问题。《黑泽废墟》涉猎的只是冰山一角。战争把难民问题白热化，阻止难民回归的政策也便应运而生，这便是战争的悲剧所在。从 1948 年阿以战争的交战结果来看，阿以双方均伤亡惨重。以色列阵亡约 6000 人，约占当时以色列国家人口的 1%；阿拉伯方面的阵亡人数约为以色列的 2.5 倍。在战争期间，有几十个阿拉伯村庄的村民遭到以色列士兵的驱逐，背井离乡，数十万巴勒斯坦人沦为难民，近一半的阿拉伯村庄遭到毁坏。根据统计，在联合国分派给

①　参见 Benny Morris, *The Birth of the Palestinian Refugee Problem Revisited*, Cambridge: Cambridge University Press, 2004, pp. 1—64。

犹太国的领地上，曾经有大约 85 万阿拉伯人；但是到战争结束后，只剩下大约 16 万人，这些阿拉伯人成为新建犹太国家内的少数民族。而被毁坏的阿拉伯村庄有的成为以色列的耕地，有的成为犹太人定居点。①

失去土地和家园无疑导致巴勒斯坦阿拉伯人对犹太人的刻骨仇恨，也埋下了日后巴以冲突的祸根。小说通过对一个阿拉伯女子及其手中领着的一个七岁孩童的描写，典型地再现了被驱逐的阿拉伯百姓的悲伤、愤怒和潜在的仇恨。按照作家的描述，这位女子坚定、自制，脸上挂满泪珠，"似乎是唯一知道真正发生了什么的人"。孩子也似乎在哭诉"你们对我们究竟做了些什么"。他们的步态中似乎有一种呐喊、某种阴郁的指责。女子凭借勇气忍受痛苦，即使她的世界现在已经变成废墟，可她不愿意在我们面前崩溃。而孩子的心中仿佛蕴含着某种东西，某种待他长大之后可以化作他体内毒蛇的东西。

一些以色列作家在阅读这部作品时，强调的是叙述人本身的人道主义敏感性，而不是驱逐阿拉伯难民的行动本身。

① 参见 Ilan Pappe, *A History of Modern Palestine*：*One Land*，*Two Peoples*，Cambridge：Cambridge University Press，2004，p. 138。中译本见 [以色列] 艾兰·佩普：《现代巴勒斯坦史》，王健、秦颖、罗锐译，上海人民出版社 2010 年版。

比如，以色列左翼作家奥兹指出，这部作品的主旨是叙述人剧烈的心理冲突，相形之下，阿拉伯人及其命运则退居到了从属地位。主人公所认同的人道主义与民族主义价值体系在这些冲突中面临着断裂。奥兹认为，由此带来的经验并非将两个体系中的一个予以抛弃，而是要反对战争本身。①

　　一部作品有时会唤起一个民族的良知。②《黑泽废墟》不仅是希伯来文学作品中少见的反映以色列独立战争历史的小说，而且成为以色列历史，至少是以色列集体记忆中一篇重要的文献，③ 在以色列民族记忆历史上占据着重要地位，它将历史书写、对过去的记忆以及历史含义这三个被犹太历史学家约瑟夫·哈伊姆·耶路沙米（Yosef Hayim Yerushalmi）视为《圣经》中相互关联的要素整合起来，④ 且随着以色列社会与政治的变迁发挥着不同程度的作用。历史学家安妮塔·夏皮拉（Anita Shapira）把小说所引起的公众回应划分为两个阶

①　Amos Oz，"Khirbet Khizeh ve sakanat nefashot，" *Davar*，Feb. 17，1978.

②　Leah Falk，"1949 Israeli Novel Khirbet Khizeh Reissued by FSG，" *JSTOR Daily*，November 7，2015，https://daily. jstor. org/khirbet-khizeh/.

③　Todd Hasak-Lowy，"Sixty Years Late and Timely all the Same，" Provided by the Institute for the Translation of Hebrew Literature.

④　Harold Bloom，"Foreword，" Yosef Hayim Yerushalmi，*Zakhor： Jewish History and Jewish Memory*，Seattle and London： University of Washington Press，1996，p. xvii.

段。第一阶段即为 1949 年到 1951 年小说发表初期引起的争
议阶段，当时的许多读者亲历战争时期的军事行动，其关注
焦点主要在战争期间的良知与道义问题上。当《黑泽废墟》
与伊兹哈尔的另一部短篇小说《俘虏》在 1949 年 9 月结集出
版后，很快便成为畅销之作。到 1951 年 4 月为止已经出售
4354 册，而且出现了大量的书评和评论文章，多数批评家赞
赏伊兹哈尔作品的文学品质，比如，作家描述事件的能力、
独特的风格、士兵们在会话中使用希伯来口语进行交流、自
然风光的描绘乃至描写阿拉伯人的方式等，但对作品内容的
理解却表现出多元倾向。[1] 其富有代表性的观点有：第一，
多数批评家称赞作家的坦诚，有勇气公开士兵们在战争期间
的所作所为，赞扬其道德立场。[2] 认为这部作品向年轻一代
表明，在激烈的战争期间，人道主义意识不能麻木，反映出
有良知作家的内在痛苦，等等。[3] 第二，一些批评家相信，

---

[1] Anita Shapira, "Hirbet Hizah: Between Remembrance and Forget-
ting," *Jewish Social Studies*, Vol. 7, No. 1 (2000), pp. 11—12. 安妮塔·夏
皮拉在文章中把希伯来语《黑泽废墟》书名转写为拉丁语时使用了 "Hirbet
Hizah"，此处沿用的是她的转写方式。下同。

[2] Hannan Hever, *Hebrew Literature and the 1948 War: Essays on
Philology and Responsibility*, Boston: Brill, 2019, p. 107.

[3] Anita Shapira, "Hirbet Hizah: Between Remembrance and Forget-
ting," *Jewish Social Studies*, Vol. 7, No. 1 (2000), p. 13.

伊兹哈尔披露了以色列独立战争后人们不仅目睹了新建国家逐渐走向繁荣，同时又趋于野蛮，把基本的道德价值踩在脚下的过程。他敏锐地意识到"昨天受折磨的受难者变成眼下捡起皮鞭折磨人的人，昨天遭驱逐的人而今在驱逐别人。那些多少世纪遭受非正义对待的人自己变成了迫害者"。① 第三，但也有一些批评之音，批评家们认为事件本身不具有代表性，伊兹哈尔过于片面，他把阿拉伯人描写为无辜的任人摆布的羔羊，没有提到阿拉伯人经常制造恐怖活动、屠杀犹太人的行径。1964 年，这部作品成为以色列中学生的选读读物，但学校并没有让学生分析作品的道德冲突，而是分析作家创作的形式与审美。②

第二阶段是 1978 年围绕《黑泽废墟》影片的上映与否展开的激烈争论。事情的导火线在于 1978 年，一向对歧视、社会不平等、战争伦理与以色列的贫穷问题等主题感兴趣的导演拉姆·莱维（Lam Levy）将丹妮埃拉·卡米（Daniella Carmi）根据《黑泽废墟》改编的脚本拍成影片，且邀请了四个阿拉伯村庄的村民担任演员，扮演包括带小孩的阿拉伯

---

① Anita Shapira, "Hirbet Hizah: Between Remembrance and Forgetting," *Jewish Social Studies*, Vol. 7, No. 1 (2000), p. 13.

② Leah Falk, "1949 Israeli Novel Khirbet Khizeh Reissued by FSG," *JSTOR Daily*, November 7, 2015, https://daily.jstor.org/khirbet-khizeh/.

女子在内的角色。与小说相比，影片显得比较柔和，甚至加进了小说中并不存在的年轻女话务员达利亚与青年军官调情、相恋等细节，给乏味的军旅生涯增添了几分浪漫色彩。影片以充满乡愁的柔和的口哨音拉开序幕，随之画面立即转向嘈杂的军事基地，年轻而充满激情的士兵们接受命令前去征服阿拉伯村庄。对此，阿拉伯村民没有任何抵抗，而是平静地接受了这一切。

　　造成小说记忆与影视记忆差异的原因主要来自几个方面：首先是现实环境发生了变化。在1967年的"六日战争"① 和1973年的"赎罪日战争"② 之后，以色列在国际社会范围内逐步确立了其合法性，舒缓了其民众的心理压力。其次，1961年的艾希曼审判使得以色列人意识到流亡中的犹太人在欧洲的无助，对犹太人的流亡体验报以同情和理解，乃至与

---

　　① "六日战争"，指第三次中东战争，又称"六五战争"。1967年6月5日，以色列为削弱阿拉伯联盟的力量、解除边境危机，相继空袭埃及、约旦和叙利亚，而后又发起地面攻击，阿拉伯国家奋起反击。战争共持续6天，以色列占领了埃及的西奈半岛、约旦河西岸、耶路撒冷老城和叙利亚的戈兰高地，数十万阿拉伯平民被迫离开家园而沦为难民。

　　② "赎罪日战争"，指第四次中东战争。1973年10月6日，埃及、叙利亚等国家在犹太人赎罪日那天向以色列发动战争，试图收复在1967年"六日战争"中丧失的领土。埃及、叙利亚赢得了整个阿拉伯世界的支持，取得了战争初期的胜利，但以色列最终在美国的支持下反败为胜。这场战争给阿以双方均带来惨重的损失。

当地阿拉伯人的生存境遇发生共情。最后，就在影片拍摄期间，以色列正在与埃及进行和平谈判，和平进程的开启在某种程度上使人们重新审视历史冲突。

　　但是当时以梅纳赫姆·贝京（Menachem Begin）为首的右翼政府将这部作品视为反以色列的宣传素材。以色列教育文化部在影片上映前夕下令禁映，20 多位作家对此提出抗议。这一事件不仅涉及媒体自由问题，也涉及以色列公共生活是否有道德勇气进行真正的自我评估问题。① 人们甚至把请愿书送到了高级法院。反对派中一个名叫马克·塞戈尔（Mark Segel）的新闻记者指出，影片制作人的目的并非是要艺术地再现战争，而是要表明犹太人是侵略者，阿拉伯人是烈士，进而具有反犹太复国主义的含义。②一位以色列国会议员甚至主张，这部影片应该与阿拉伯人屠杀以色列人的纪录片一起上映。最后，以色列教育文化部取消了禁令，影片在以色列得以公映，引起轩然大波，作家、导演和编剧均受到了攻击。

　　如果说围绕影片能否上映的争论集中于在一个民主国家里是否拥有媒体自由等问题，那么脚本内容的重构则表现出

---

①②　Gila Ramras-Rauch, *The Arab in Israeli Literature*, Bloomington: Indiana University Press, 1989，p. 68.

以色列国内一批知识分子的价值取向。比如，在小说中，叙述人的反战理念并没有得到所有战友的认同，甚至遭到一些战友的质疑。但在影片中，以色列士兵似乎表现得更为人道。即使在射杀逃跑的阿拉伯人时，故意瞄不准，表现出不愿伤害阿拉伯人的主观愿望（而小说中的阿拉伯人显然被打伤）。影片中的军官曾给阿拉伯人送水，一个士兵甚至给阿拉伯人食物（相形之下，小说中的以色列士兵则显得比较冷酷，甚至听任瘸子蹚过水坑）。从某种意义上来看，影片是把小说中以色列人内在的心灵冲突以画面形式呈现出来。同时揭示出清理村庄的真实目的并非把阿拉伯村民赶走，而是要把阿拉伯村庄转化为犹太人定居点。由此引发了影片是否具有历史真实性，影片中反映的事件是否在独立战争时期具有普遍性等诸多问题的讨论。其中还涉及为什么影片只表现了以色列军人驱逐阿拉伯难民，而没有表现阿拉伯人对犹太人所施行的种种暴行？为什么要重揭旧日创伤？等等。一些人甚至对作品本身提出质疑，认为它曲解了以色列独立战争的形象。尤其是把以色列人用卡车运送阿拉伯人的行动比作犹太人在历史上被迫经历的死亡之旅，更令一些人无法接受，认为会给以色列的敌人以口实。从这个意义上，本来是根据反映个体以色列士兵的心灵传记改编的影片却变成带有集体记忆色彩的重构历史的文献。展现在观众眼前的则更多的是历史事件本身，而不是以色列士兵针对历史事件的反思、回应与心灵震撼。进而导致在一些评论家看来，这部影片缺乏艺术优长。①

右翼人士认为，犹太人渴望并应该回到先祖生存的土地上，阿拉伯人反对犹太人的做法，这是历次中东战争的根本原因。但是 1948 年战争对以色列人来说，确实是一场生死之战。影片却脱离了 1948 年的历史语境，使人们的讨论从以色列究竟可以继续存在还是会遭到毁灭的问题转向巴勒斯坦人的生存问题上来，这种以偏概全的方式势必造成对作品本身的某种曲解。② 左翼人士则认为影片本身反映了战争悲剧，引发对巴勒斯坦难民这一必须直面的问题的讨论。

《黑泽废墟》的上映可以说重新塑造了以色列人对 1948 年战争的记忆，这部影片虽然讲述的是人尽皆知的事实，但上映后，以色列国内外的观众会认为自回归锡安运动③开始以来，犹太人的行动基本上就是赶走阿拉伯人，杀害无辜，

---

① Lev Hakak, *Modern Hebrew Literature Made into Films*, Lanham: University Press of America, 2001, pp. 80—81.

② Hanoch Bartov, "Mehandesei ha-nefesh," *Maariv*, Feb. 17, 1978.

③ 锡安本是耶路撒冷南部的一座山名，后被用来指代耶路撒冷或以色列地。回归锡安运动原见于《圣经》，指的是公元前 6 世纪波斯大帝居鲁士发布命令，允许被掳到巴比伦的犹太民众返回耶路撒冷和当时作为波斯行省的犹大地。本文所说的回归锡安运动指的是 19 世纪末以来兴起的犹太复国主义运动。

驱逐老人、妇女和孩子。但是，正像犹太历史学家夏皮拉指出的，并非是《黑泽废墟》小说或影片本身破坏了以色列人的声誉，而是把一个民族从其土地上赶走这个行动本身是不光彩的，定居到人家的居住地的行动是耻辱的。① 伊兹哈尔的小说反映出独立战争时期的历史真实，批评这篇小说与阻止影片的上映无异于试图掩饰犹太复国主义者在实现自己返回锡安的梦想过程中的劣迹。就像奥兹所剖析的那样，"我们的做法就像把一具死尸藏在地下室里"，"我们正在掩饰将要化脓的伤口"。② 在过去的几十年间，以色列人正是在复国与负疚的困扰中不得释怀。

如果说 20 世纪 50 年代，《黑泽废墟》在参加过以色列独立战争的人们中间引发的是一场道义的争论，那么到了 20 世纪六七十年代，在以色列经历了"六日战争"、"赎罪日战争"、两次黎巴嫩战争、两次巴勒斯坦人起义后，政治现实又发生了变化，新历史主义思潮兴起，曾经伴随着 1948 年战争结束而淡出人们观察视野的诸多问题此时又浮出地表，以色列人更为关注的则是由道义延伸开来的国家政治形象问题，

---

① Anita Shapira, "Hirbet Hizah: Between Remembrance and Forgetting," *Jewish Social Studies*, Vol. 7, No. 1 (2000), pp. 36—40.

② Amos Oz, "Hirbet Hizah ve sakanat nefashot," *Davar*, Feb. 17, 1978.

以及对巴勒斯坦的政策问题。战争历史本身虽然已经成为过去，但是历史学家、文学家、公共知识分子和普通大众对战争的解析依旧在进行中。

在这方面，以伊兹哈尔为代表的一批希伯来语作家采用多种艺术手法诠释了七十余年来以色列历史、记忆与以色列人的心灵冲突。他们所创作的作品，既蕴含着深邃的历史记忆，又具有强烈的现实回响，表现出具有良知的以色列知识分子对历史的反思。而伊兹哈尔谱系的另一位代表人物、中国人民的老朋友奥兹在访问中国时直陈其"两国论"的主张，呼吁建立巴勒斯坦国家，与以色列毗邻而居、和平共处，则代表着左翼知识分子对巴以两个民族和平前景的期待。

钟志清

2023 年 2 月于北京

目录

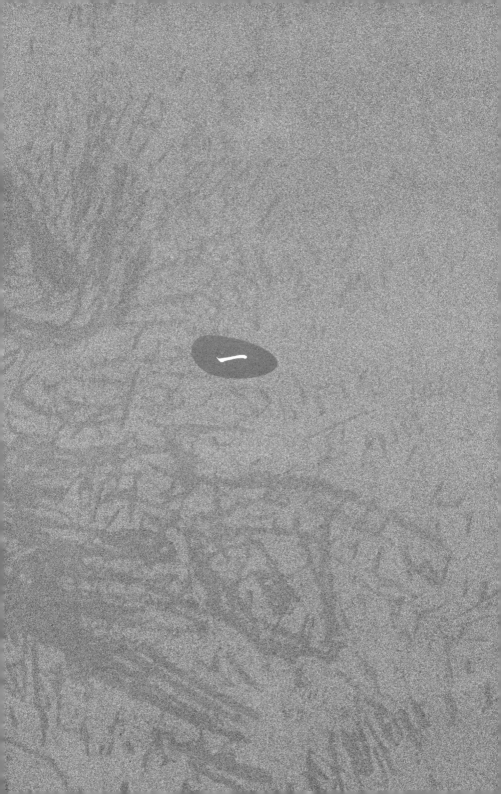

没错，这一切发生在很久以前，但从那时起就一直困扰着我。我试图用流逝岁月的喧嚣将它淹没，降低它的价值，用匆匆逝去的时光来钝化它的边缘。偶尔，我甚至还想方设法冷静地耸耸肩膀，想方设法意识到整件事毕竟没有那么糟糕，庆幸自己拥有耐心，耐心当然是真正智慧的兄弟。但有时，我会再次感到震惊，惊讶为何这么轻易就受到诱惑；心知肚明地被引入歧途，与广大民众一起撒谎——那些民众愚蠢无知，具有功利主义的冷漠，以及无耻的自私自利——且一个巨大真相为何只换来一个麻木罪犯玩世不恭地耸耸肩膀。我意识到，我再也无法退缩，虽然我还没有决定怎样收尾，但在我看来，无论如何，我不能保持沉默，我应该开始讲述这个故事。①

　　故事可按照顺序讲起，从一个晴朗的日子，一个晴朗的冬日开始，详细描述出发与行程，刚刚下过雨，一条条土路湿润润的，柑橘园四周的一圈仙人掌被烈日与湿气烘烤得滚烫，他们的双脚一如既往地被一团团密集潮湿的深绿色蓖麻叶不断拂过，此时正午的时光在逐渐流逝，一个愉快轻松的正午，像往常一样流逝，当它结束、完成、了结之时，将会化作晦暗朦胧的黄昏的寒意。

　　另一个选择可能更好，它以一种不同的方式开始，从一开始就直截了当地提到那一整天的目的、"操作指令"编号等等。在某月的某天，在它被简称为"杂录"的最后部分的边缘，有一行半文字写道：尽管必须果断地、准确无误地执行任务，但无论发生何种情况，"任何暴力或违法行径"——据说——"都不被允许"，这些都只是为了直截了当地指出有些事情出了差错，任何事情都可能发生（甚至是那些被计划过或预见过的事情）。为评估这一直截了当的最终条款，我们必须回到开头，仔细查看那个名为"信息"的醒目条款，该条款直接警告有"渗透者""恐怖主义细胞"以及（用一种奇妙

---

　　① 如序言所示，这篇作品发表于 1949 年 5 月，与第一次中东战争结束相隔不过数月之久。作者形容时间之长，以彰显战争中经历的一切对其心灵震撼之强烈。文中页下注释均为译者所加，不再赘述。

的措辞）"派出特工执行敌对任务"等日益加剧的危险；也要仔细查看随后甚至更为醒目的条款，这一条款明确指出，要把从 X 点到 Y 点①地区的居民集合起来——把他们装上运输工具，押运穿过我们的防线，炸毁石头房子，烧毁棚屋，拘留年轻人和犯罪嫌疑人，清除"敌对势力"范围，等等——因此很明显，那些被派去实施所有这套"焚烧—轰炸—关押—装载—运送"计划的人，被赋予了多少美好与真诚的愿望，他们带着这般好意，带着源自真正文化的克制来焚烧、轰炸、关押、装载和运送，这象征着一种变革之风，一种体面的教养，也许甚至象征着犹太人的灵魂，如此伟大的犹太人的灵魂。

于是就发生了这样的事，我们在一个明媚绚烂的冬晨出发，兴高采烈地行进，我们洗过澡，吃得饱饱的，穿着整整齐齐；于是我们沐浴着微风，来到靠近一个村子的地方，村子还看不到，我们这支小队被派往侧翼，还有一部分人从后面包抄，其余人员进入村子。像往常一样，还是待在侧翼部队最好。侧翼部队穿过不知名的土地，进入那被洗涤过的澄澈田野，田野里空气纯净，种植园部分已经被耕种（在暴虐

---

① 原文中，"X 点到 Y 点"之后标有"如图所示"的字样，但原书中并未附图，故此处稍作变通。

之前），部分覆盖着杂草和草坪（自暴虐之日起）——在布满水坑与新鲜泥沼的湿滑小路上摇晃着行进是如此的惬意，直到年轻的你被激发出新的活力，哪怕你已不那么年轻。即使手上拿着的棘手的"任务箱"，此时也许发生了改变，似乎属于步行去上班那一群人的东西，甚至就好像是一群麻雀般叽叽喳喳的顽童携带的东西。我们在那里摇晃着前行，谈天说地，喋喋不休，打逗，唱歌，不吵也不闹，而只有欢快。显然，我们今天不去打仗，要是有人碰巧感到不安，与我们无关，上帝会帮他。今天我们去郊游。

我们来到一座小山，蹲在仙人掌篱笆下，准备吃点东西。这时，一个名叫摩西的小队指挥官把我们召集起来，简要说明形势、地形与目标。我们从中得知，坐落在另一座小山下坡上的几所房屋是某个黑泽废墟或别的什么村庄，周围所有的庄稼和田野都属于那个村庄，它水源丰富，土地肥沃，畜牧业远近闻名，村民也很有名。据说，村民是给敌人提供救助的一伙流氓，只要一有机会，就准备胡作非为；或者比如说，如果他们碰巧遇到犹太人，你可以确定，他们会立即将其消灭——这是他们的本性，也是他们的方式。当我们把目光锁定在并不起眼的小山侧面的几所房屋时，隔着植物园、精心打理的花园和零零散散的水井，我们毫不费力地看到整个黑泽废墟，确实没理由作任何进一步的解释。此外，还有一些树木，显然是西克莫无花果树①，分布各处，如此古老而安宁，似乎不再是植被的一部分，而是无生命的领域。后来，有人带回了橘子，我们吃了橘子。

然后我们出发，沿着他们尚未来得及播种的泥泞的灰色犁沟前行；我们推开嵌在泥墙里的一扇大木门，走过仙人球②篱笆中间的一条窄路，仙人球篱笆上满是粪肥，散发着冷飕飕的霉气。野芝麻、烟堇和不开花的肉质植物缠绕交错，承载着自己潮湿单调的重负四处蔓延，或者含羞躲在仙人掌篱笆的凹处。我们爬上了又一座小山，村庄便展现在面前。我们各就各位，架起机关枪准备开始。有人弯腰用他的设备接听无线电，并用仪式般的单调声音对着无线电对讲机讲话，他告诉我们还需要等到零点。我们每人要么找到一个干燥的地方坐下，要么伸着懒腰，静静地等待事情开始。

谁能知道如何像士兵那样等待。士兵们无时无地不在等待。在高地的战壕里等待，等待进攻、等待出发、等待停火；有漫长的无情等待，有紧张焦虑的等待，还有单调乏味的等

---

① 希伯来语为שקמים，英语为 sycamores，《圣经》中将其翻译为"桑树"（见《列王纪》10:27），但此处应指以色列等中东国家的西克莫无花果树，与无花果树相似，但不相同。文中只有一处描写与无花果树有关，希伯来语为תאנה，英语为 fig。后文在写到西克莫无花果树时，有时也用单数，不另注。

② "仙人掌"和"仙人球"在原文中是两个不同的单词。

待。等待消耗焚毁了一切，没有战火，没有硝烟，没有目的，什么也没有。你为自己找个地方，躺倒，等待。我们哪里没有躺过？

曾几何时，当我们刚刚走进一些被征服的村庄①时，我们身上还有一些颇为讲究的东西，因此我们宁愿整天站着，或者行军，宁愿做任何事，也不愿意坐在地上。那不是田野里的土壤，而是一片腐烂得令人作呕的污泥，多少代人朝它抛洒污水和排泄物、牲口和骆驼的粪便，那些污泥堆积在他们小屋的周围，与人类可怜逼仄的住所制造的垃圾散发出的恶臭混合在了一起，那里的一切都很肮脏，捡任何东西都让人恶心，然而到了下午，我们就已经伸开四肢，舒适地躺在那散发着尿骚、令人生厌、惹人作呕的土地上，情绪麻木，不时爆发出笑声，直至目光暗淡。

啊，这便是置身战壕的那些日子。有一个矮墩墩的家伙，他黝黑的脸上净是麻子，一头乱蓬蓬的卷发，穿着件脏乎乎的汗衫，试图逗大伙开心，一边出着怪相，一边相应地扭动身体，他上千次地假装冲着无线电对讲机讲话，声音嘶哑地反复说："嗨宝贝，你听见了吗？你听见我说话了吗？我在小山上，我在小山上，在废墟里，在废墟里，我需要你，我在

---

① 指阿拉伯村庄。

等你。宝贝，你听见了吗？完！"每个人都轻而易举地领会到
其中的暗示，以躁动的狂吼相应和，怕这狂吼声会停下来，
因此它持续的时间比原应持续的更长。

死狗尸体散发着恶臭，无人理会。终日置身荒凉的尘埃
中，置身散发着恶臭的乏味中，置身令人沮丧的险境中，置
身无法逃脱的污泥浊水中。躺在那里，等待即将发生什么，
或者等待任何事情。谁也不会道德高尚到给自己搽上驱跳蚤
粉，只有跪到阴影深处，然后躺下。太阳在运转。你用责备
的目光望着它，四肢一动不动——哪怕太阳爆炸，也与你无
关，你只会一动不动。当一阵宜人的海风吹起，轻轻地拂动
与搅起含着焦虑与愤怒、弥漫着尘埃的污浊屏障时，即便发
生了这一切，你的内心深处还是产生了一种愉快的期待。忧
伤的悲叹立刻在你心中消失，大家都开始想女孩子。想所有
女孩子的样子，想某个女孩子的样子。除非是风折起翅膀，
浑浊有力的湍流把这小小的乐趣搅得一塌糊涂，直到最后只
剩下某种令人恶心的臭气。他们立刻就需要报复，破坏与粉
碎，至少是践踏什么东西。他们会殴打拉着嘎吱嘎吱作响的
湿漉漉水车转圈的骆驼，直到双手皮开肉绽，脚踢跟在骆驼
后面看看是否取到水的阿拉伯老人，他急着帮忙，这样不至
于显得没用，抓住骆驼的缰绳，和骆驼一起，一圈圈地转了
许久；他们会向受到惊吓的一条狗射出数十发子弹，直至它

倒下；他们会与某人进行殊死的辩论，而后又陷入无聊与懒散中，啃咬、咀嚼糟糕透顶的单调饭菜，使劲扔出罐头盒，将其一脚踢开，增加类似的愤怒，等待发生什么事情，立即发生，可恶！

下午时分，这里尘土飞扬，远处闪烁着玻璃般的热霾，暗示着显然不是来自这附近、你也没法找到的东西的轮廓，与广袤昏黄土地上的七月天所带来的刺激一同蒸腾，没有一丝阴凉，没有庇护，与潮湿截然相反。当灰尘弥漫的下午全然自由地蒸腾时，时间变得越来越漫长，越发干燥，直到带着巨大的哀伤，被充满沉重与湿滑的虚无终结，这虚无夷平一切，直至一切都一模一样、扁平化，且无关紧要。有人再也无法克制自己，他会一跃而起，大喊着冲下小山，袭击站在水井旁的人。旁边吱吱作响的水车扭动着，不时地喷水，凶险的大黄蜂急迫地扑向低落的每颗水珠。这个人以一种无法控制的愤怒不断地尖叫着：

"戳那个笨蛋的屁股！让它动起来！让那个混蛋动起来！"

这就是士兵们在等待时的样子。但是在这个美妙的冬晨，在这座浓郁葱茏的小山上，周围的一切苍翠润泽，不过就像是学校郊游时的一次野餐，你们所要做的就是开开心心，欢度愉快时光，而后回家去找妈妈。我们要么躺平，要么趴着，要么侧卧。我们随意伸开双腿，我们的舌头自在地来回转动、东拉西扯、嚼着东西。这次任务命令我们所做的一切，那边的那个村子，村子里的渗透者，以及魔鬼会放到这里的任何东西，我们都不去想。我们不欠任何人什么，我们什么也不用担心，什么也不用关心。

排除其他各种各样的事情，所有这些进一步表明战争已经持续很久了，正如人们普遍认为的那样，太久了。如果一定要打仗的话，现在或许应该让别的孩子来玩这个游戏了。

这番闲聊，就像从前在躺平、无所事事的惬意中蹦出来的闲聊一样轻松自如，现在迅速消失了，自行停止了。这种情况，我们可能简称为心灵干旱。我们一言不发，摊开四肢。我们十分清楚谁要说什么，由谁来说什么，且知道他说那些话时嘴唇如何扭动，甚至知道他沉默时的样子，如果不是出于懒惰，你就会振作起来，急忙重新开始叨叨，为的是不要沉默下来。也许情况不是那样，但当人悠闲地躺在那里时，思想就会悄悄地潜入，我们知道，当思想来临时，烦恼就开始了，所以最好不要开始思考。顺便说一句，我们当中有两三个人显然已经真的开始打盹了。包括一个压低嗓门开始唱了三四遍同一支小曲的年轻人，他不再唱了，因为他不会唱别的，或者因为他除了唱那首歌没什么想说的。甚至连那个朝近处扔石子的自娱自乐的人，一会儿工夫之前，他开始玩那个向朋友们扔石头又假装无辜的著名游戏，此时也感到了无聊，他把双手交叉在脑后，重重地躺了下去，目光在古老的枣树枝与盘旋在绿色树冠上的苍茫天空来回移动。突然，他的目光强有力地看向难以预测的高度（他本人对此并不关心，也未曾留意到这点）。这一迅速的变化让我们意识到一切都完蛋了，我们永远不会像以前那样取得成功。不久以前曾有一次，我们的内心深处就已经种下了某种东西，它截然不同又令人沮丧，我们对此无能为力。

如果继续这样躺下去，我们怕是要开始吵架了。

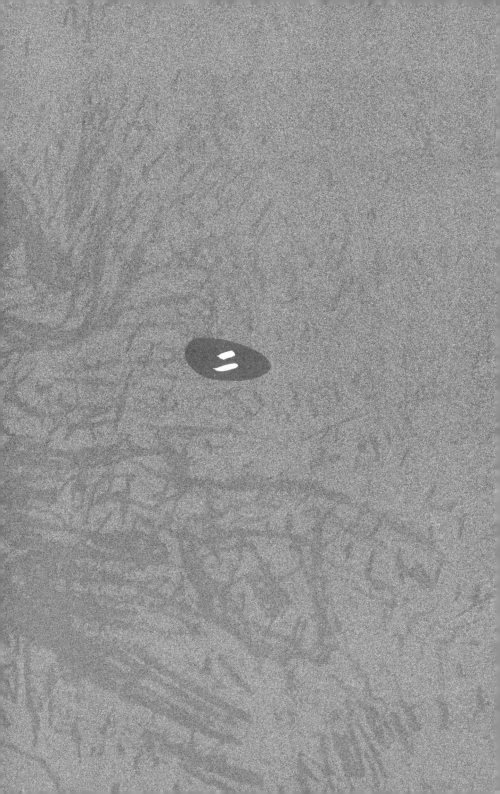

得到休息 15 分钟的许可后，我们的无线电话务员关掉了他嘶嘶作响的无线电对讲机，朝我们走来，随即转身冲着施姆里克说：

"施姆里克，你知道不？"

施姆里克转过身子，皱起眉头看着他，只说了一句话："嗯。"

"你怎么看那些毛驴和它们顽强的生命力？"无线电话务员说。

"咋了？"施姆里克说。

"我昨天朝一条毛驴打了三颗子弹，它竟然没死。"

"你打哪儿了？"

"一颗打在脖子这儿。一颗打在脑袋上，正好在耳朵下面。第三颗打在眼睛旁边。"

"然后呢?"

"没死呀。继续走路。"

"别胡扯了。不可能!"

"我发誓!昨天,就在营地旁边。我刚好去检查设备。我看见它在篱笆旁边走来走去。立刻朝它开枪。"

"距离多远?"

"很近。顶多十码。"

"没死?"

"门儿都没有!它一个劲儿地朝前走。后来就倒下了。"

"啊哈!"

"打中脖子时,它抬起头来看看。血已经像水龙头里的水一样喷了出来。接着这头驴干吗呢?继续啃草。我又打中它的耳朵下面,它愣了一下,但继续站在那里观望。太过分了。我在离它比较近的地方打中它的眼睛,它在草地里走了几步,然后,真的是慢吞吞、懒洋洋地倒了下去,四仰八叉。多么顽强的生命力!"

"英制步枪射出的子弹会让它当场嘎屁,没有问题。它们有着钢筋铁骨。"

"可是距离这么近!"

"我有一次朝毛驴的屁股开枪,它立马就倒下去了。这个大气球抬起后座,一头栽进沙子里,摔倒了。"

"太神奇了，"又有一个人搭腔，"打骆驼只需要一两枪，它就会倒下。它转过头来，嘿，就倒地玩儿完了。毛驴怎么就不一样了呢？"

又轮到那个时不时压低嗓门唱歌的人了，他开始轻轻吟唱他唯一会的音乐片段，有个声音洪亮的人和他一起唱。我们的指挥官摩西转过头去，冲着他说：

"别叫唤了。躺下，安静。"他用一只胳膊肘支撑着自己欠起身，从而一边说话一边看着对方。他边说边看着手表：

"他们在那边干什么呢？我们什么时候开始？"

"你在抱怨什么呢？"有人睡眼惺忪地回应。

"要是换了我，我会让这里的情况完全不一样，"摩西边说边起身坐在那里，用随手抓到的一棵植物杆指指四周说，"我会在这里给他们埋些地雷。"

没有人提出异议。小队指挥官摩西就他的话题越讲越起劲：

"那太棒了。你瞧：如果村子在那边，他们逃不到那里，他们会跑到哪儿去？他们会先跑到那里。那好。我们在那里埋一些跳雷。炸飞一个阿拉布人①，撂倒十个。其他人会立即改变路线，径直朝我们跑来，一下子进入机枪射程，他们

---

① 阿拉布人，音译，原文为俚语，指阿拉伯人。

就全完蛋了!"

"说的是,"打盹儿的人坐了起来,"好呀,干吗不?"

"我不知道。他们决定变成吃素的了。他们会把他们赶到山上,仅此而已。明天他们会再回来。后天我们再把他们轰出去。最后我们达成协议:他们三天在这里,三天在山上,我们看看谁先厌倦这场游戏。"

"这不是场战争,而是场儿童游戏。"一直打盹儿的那个人一边伸懒腰一边宣布。他是个年轻人,长着一头漂亮的头发和金色的胡须,脖子上随意围了一条红白相间的阿拉伯头巾,你立刻可以看出就在几个月以前,他还是那种回家晚了就肯定会遭到妈妈数落的人。

"旧日的美好时光里发生了什么?"一个瘦子说。他叫加比,和许多其他人一样也在附近的某个地方长大。他鼻子上长着雀斑,头没梳,脸没洗,不停流着鼻涕,又不住地往回吸,直至用手指和衣袖来解围,他总是在修补一些机械(这一次他是机枪手)。他边说话,边轻蔑地挥手,就像有人往他肩膀上扔了一些小东西似的。他所说的"旧日"不过是一两个月前,如今我们却这样猫在仙人掌篱笆的阴影下等待出发。那时的沉默是一种完全不同的沉默,沉默是为了防止声音泄露我们的秘密;是为了防止恐惧消失之后我们大喊大叫,束手束脚;是为了防止事情泄露,把没人确保的消息传播出去。然而，令人难以置信的是，直到如今，一直在挽救你的运气此次仍然没有弃你而去；直到如今，这些运气依然在与你嬉戏。这是拒绝承认行动前夕令人屈辱而可耻的沉默的狡猾的小诡计，坐在这里随便一说："旧日的美好时光里发生了什么？"这是多么让人愉快啊，就像在说："啊，往昔的辉煌岁月。"

　　当然，我们并没有为这些不同的解释而烦恼，我们甚至没有开始，我们没有听见他在说什么。从我们望着我们同胞摩西的眼神便可知道，我们只在"干坐在这里有什么用"这件事情上达成明确的一致，唯一麻烦的是他仍然平躺着，津津有味地嚼着饼干，斜觑着明媚的天空，因此我们白白浪费了眼神。我们突然明白了任何事情都不紧急，也明白了人生会以这样或那样的方式进行。幸运之人幸福地平躺在那里，不幸者也不曾被亏欠过任何东西。这一天多么美好！我们面前的山谷多么美好！突然间，我们的思绪转向这个山谷，我们心满意足地审视着山谷，就像在评估一匹纯种的马驹。

　　"这里有多少德南？"① 加比问。

　　"得好几千。"他们答道。我们立刻慷慨地估算它的面积，

---

　　① 德南是中东一些国家使用的土地丈量单位，1 德南约等于 1000 平方米。

专业并轻松地以这样或那样的方式谈论成千上万的德南，不停有人做夸张的手势。我们在记忆中搜寻并分享各种有关重土、半重土、强黏土、黑渣土、排水、灌溉以及其他类似的东西。有人甚至想象某个地方有沼泽，沼泽里有鸭子，你可以逮鸭子，拧断它们的脖子，拔下它们身上的毛，放在火上烧烤，就着咖啡，约上几个女孩，一起唱歌，共享快乐时光。脚下，树篱把土地截成一块块方地，有大有小，零零星星点缀着一块块深色植被，或者点缀着球面状的绿油油的树冠，群山上满是黄灿灿的绉叶菊和一块块耕作过的土地，山谷平缓地延伸开去，没有理由感到羞愧，土地上看不到一个人影，富饶的土地上发出色彩斑斓的旋律，有蓝色的、黄色的、棕色的，还有绿色的，个中万物全然静默，在雨后的日光与金黄中温暖着自己、颤动着。

"他们鬼迷心窍了，"加比说，"他们有多美的地方啊。"

"曾经有，"无线电话务员说，"已经是我们的了。"

"小伙子们，"加比说，"为了这样的地方，我们会全力以赴去战斗，他们却逃走了，甚至不战而逃！"

"别提那些阿拉布人了——他们甚至不是人。"无线电话务员回应说。

"我告诉你，"加比说，"你现在觉得这里很美，这里是他们的——等我们接管这里后，会好上上千倍，相信我！"

"哇！我们的前辈们为一小块土地而折腰，如今我们只要走过去就拿到了！"无线电话务员说着，回到他的对讲机旁，显然陷入沉思，被什么东西紧紧抓住了。

太阳变得越来越炙热，白昼加剧了对山谷愉快的掌控。我内心的孤独感不知为何突然加剧。正确的做法是现在就离开这一切，回家。我们厌倦了任务、行动和使命。之后所有这些臭烘烘的阿拉伯人就要偷偷溜回他们偏僻的村子里过苦日子——他们可恶，可恶得令人发指——我们跟他们有什么关系？我们年轻、短暂的人生与他们跳蚤肆虐、荒凉而憋闷的村子有什么关系？如果我们必须战斗，我们就应该战斗到底。① 如果战斗已经结束，我们就应该回家。这也不做，那也不做，真让人受不了。这些空空荡荡的荒凉村庄已经搞得我们精神紧张了。曾经村庄是可以被迅猛拿下的东西，如今它们只是一片裂开的空地，在充满邪恶与忧伤的沉默中尖声呼喊。

这些空空荡荡的村庄，它们开始呐喊的那一天来临了。当你穿过这些村庄时，突然之间你发现墙壁上、院子里和小巷中有你看不见的眼睛在默默地跟随着你，你不知它们来自何处。荒凉孤独的寂静。你的内心一紧。突然，在下午时分

---

① 此句稍有变通。

或黄昏之际，刚才不过是一堆破烂的小屋、孤零零陷于严酷的寂静与令人心痛的哀婉之中的沉闷的大村庄，突然唱出一首歌颂失去灵魂之物的歌，一首人类灵魂回到原始状态、发了疯的歌，一首带来突如其来的毁灭性灾难讯息的歌，这些灾难已经冻结，像某种不会经过嘴唇的咒语。恐惧，天上的神明呀，可怕的恐惧在那里尖声呼喊，犹如复仇之光四处闪烁，召唤着去战斗，复仇之神已经现身！……这些空空荡荡的村庄……好像你应该为这里的一切负责。万物投射下巨大的阴影，它昨日的死亡已无法想象，这些阴影相互交织，默默无语，垂下身子，黏附在一起。这些阴影自己提出一些问题，或者说些必须要说的题外话，说些是又不是、似是而非的东西，留下一些令人不快的酸臭，就像怜悯乞丐，或者令人反感的瘸子，只会激怒并纠缠着灵魂。最好是摆脱它，装出愤怒的眼神，紧紧盯着那个村子，它叫什么来着，就我们面前的那个。把眼神化作彻底的诅咒，总而言之，这些诅咒最终是唯一可以听到的东西，并带有明显的乐趣，每个听到此话的人都会感受到自己的快乐。因为众所周知，好的咒语总是需要的。

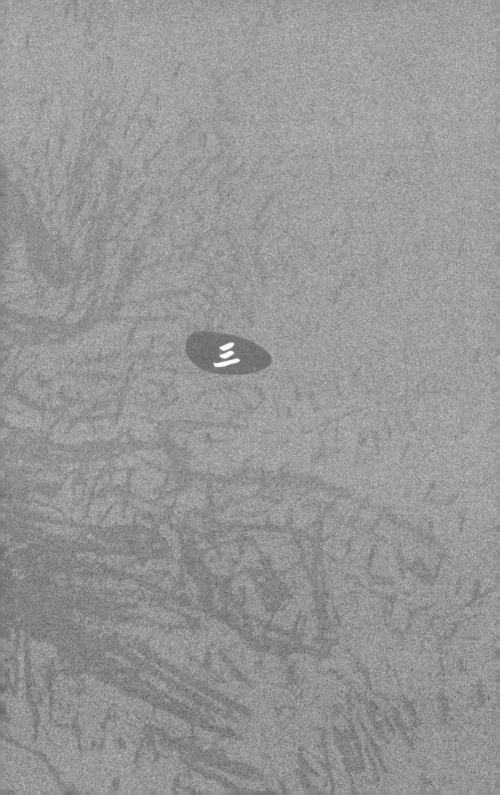

三

开始行动的命令已经下达。我们小队朝村子底部和看得到的高房子射击；我们后面打掩护的那个小队在自己的区域开火；第三小队要爬到山上，在村子上头建一个据点，从那里控制村子。我们用机关枪平静地、看似无害地扫了几下，就像在用步枪射击。最初，它把灰泥房屋（阿拉伯人的淡蓝色灰泥）上挂着的绿色百叶窗的窗户打得噼啪作响。接着，又连续朝一座高大的土屋扫射，空旷的小巷立即起火，之后火势又向篱笆、墙壁和树木蔓延，阳光甚至开始泻进茂盛的树冠。（这次与其他时候如此不同，当你用机关枪开始扫射，先前的恐惧就会瞬间平息，同时也预示着另一个基本的、真正的恐惧的开始，其后一切都笼罩在醉眼蒙眬之中。）

我们打光了一个子弹带，又开始打另一个。没有人回应我们。我们射出的子弹划破了天空，空气流向两旁，在刺耳的沙沙声中散开，这声音逐渐减弱，而后回归沉静；无法得知枪弹是否打中了目标。我们的指挥官摩西拿起他的双筒望远镜检查情况。

"挺好，"摩西说。"我们确实吓住了他们。向右推一点。对着那些房屋。早上好①，亚胡德②来村里看你们来了！"摩西津津乐道地说，"犹太人在此。"

我们趴在地上，愉快地观察着现场，加比的扫射和摩西的俏皮话让我们越来越激动，我们环顾四周，看看能否也为自己捞点好处。

现在我们听见打掩护的那个小队在远处放枪。接着，有令人难以置信的所谓的"交火"。"只是给他们的肚子挠痒痒，哈哈。"有人说。我在无意中回想起我们在家时的情形，那是在不久之前，很久以前，很久很久以前，甚至在遥远的青春期晚期，那时会突然发生枪击，来自边境的枪击，来自柑橘园那边的枪击，来自遥远群山的枪击，夜半时分的枪击，或者黎明之际的枪击，还有谣言、停电以及巨大、严肃、具有威胁和令人担忧的东西，还有奔跑、窃窃私语，还有紧张的聆听，还有携带步枪出发的模糊身影，既奇怪又庄严、沿路

---

① 原文为阿拉伯语。

② Yahud，阿拉伯人对犹太人的称呼。

奔跑的身影，兴奋的声音，一些人坚持要保持沉默，立刻，显然在同一拨人中，出现了准确而确定的形象。在那安着绿色百叶窗、蓝白相间的灰泥房子里，怎么会有人突然惊恐地站了起来，在那用泥巴砌起来的砖房里，怎么会有人停止吃饭，右边一排房子里，怎么会有人让正在讲话的人沉默下来——枪击！——急剧地颤抖，五脏六腑收紧，一位吓得要死的妈妈心惊肉跳地出来把孩子们聚拢在一起。突如其来的寂静，众所周知的"亲爱的上帝，但愿不是这样"一类的祈祷怎么会瞬间悬置在空中，一个漫长、古老、神秘的瞬间，在它被确定之前四处观望。在每个人的心中，在所有人的心中，一同发出呐喊，犹如不断敲击的古老鼓声：危险，危险，危险！他们被迫重新考虑他们曾经不想知道的事，并迅速作出荒唐的决定，同时子弹的呼啸声明确地宣布：开始了！

"现在发射几颗迫击炮弹是个好主意。"施姆里克说，战争的火花已经在他心中激起，他准备将其点燃。你可以在他脸上看到他已经听到炮弹在空中飞过时的声声呼啸和爆炸时发出的滚滚雷鸣。摩西没有浪费口舌，轻轻摇摇头，蹙了蹙眉，压制了这个好战的建议。但是施姆里克并未就此罢休。他拿过双筒望远镜，环顾四周，不停地来回转动调焦螺钉。

"那里看不到任何东西，"他说，"显然我们最终要攻占一个空旷的村庄。"

"把双筒望远镜给我。"摩西说道，他没多说一句话。施姆里克双手抱膝，环顾四周的伙伴，寻找比较和善的人。

"嗨，加比。"施姆里克突然说，并向正在弯腰摆弄设备的无线电话务员靠了过去。

加比说："你怎么了？"

"啥事儿没有。很遗憾，丽芙卡不在这里。"

"你想她了？"

"当然。"

他一只手在空中轻轻掠过，好像在急切地抚摸漂亮的脖子，那散发着芬芳气息的头发瀑布般散落在脖颈上，痒痒的，洋溢着温暖。他用脏兮兮的手指捡起烟盒，摇晃了一下，从撕开的小口里抽出一根香烟，忧心忡忡地点燃，吞云吐雾。

"你瞧，"随着烟雾的消散，施姆里克突然叫道，"往那边瞧，他们在逃跑！"他指着群山附近精耕细作的小块田垄，群山脚下是一片片果园。由于地势高低不平，加上群山线条分明的背景，我们顺着他伸出的手指，颇为困难地确定有几个疯狂的人影消失在灌木丛中。

"他们已经逃跑了吗？这么快？一枪不发？"

"你可以断定最先逃跑的人是最大的孬种。"

"我炸死他们。"加比说。即使计划实际上说是让他们离开，因为他们自愿离开的越多，我们进村时遇到的麻烦就越少，这将会减少把他们赶出去的龌龊工作。

"他们在逃跑……一枪不发，孬种！瞄准他们！"施姆里克说，他变得越来越激动。

于是加比调转机关枪口，打了几发子弹。摩西通过双筒望远镜告诉他射程。我们都把注意力集中在那片空旷的土地上，土地之外一边是群山，另一边是灌木丛，灌木丛越远越浓密。又有一群人影出现了，影影绰绰的身影在空地上移动，显得匆匆忙忙，但那仓促在广袤土地的衬托下消失了，人影就像一只蠕虫在无意义地扭动。

"打他们，"施姆里克说，"往右一点。"

"你瞄得不准，"摩西透过双筒望远镜张望说，"往右，再往上一点。现在！开火！"

我们感到振奋。潜藏在每个人内心深处的狩猎快感掌控着我们。

"那边也有。"有人吼道，指着另一片田野，那里许多人像蚂蚁一样在猛跑，他们跌跌撞撞疾行的身影被巨大的田野淹没。我要来双筒望远镜看他们，一群接一群，或许是一家接一家，也许他们在逃跑时每伙人实力均等，四人或五人或六人，或者是单独一个人——还有女人，通过她们黑色长袍上的白头巾很容易辨认出来。由于他们筋疲力尽，上气不接下气，因此明显放慢了奔跑的脚步，一会儿之后脚步越来越快，直至重新沉重地奔跑，虽然速度不是很快，但显然他们集中了所有的力量和呼吸，来证明一切都在完蛋。他们应该奔跑，也许能够借此拯救自己的命运。那一刻，明显看到有三个人竞相爬上一座山丘。

"在那儿呢，"我指着他们冲加比大喊，"射程1200，在那棵孤树的右边。你可以打得漂亮！"在那一刻，我出于某种原因在颤抖，但我仍然带着某种如醉如痴的兴奋用双手指向我发现的那些逃亡者，我感到有人像一只受伤的鸟儿在呼唤我内心中的其他东西。当我仍然为这两种声音感到震惊时，加比在那里扫了几发子弹，都打空了。摩西说："去死吧你！你一点也不会打枪！"我大吃一惊，感到某种解脱，也许就像这样："让他不要打中，啊，让他别打中他们！"我迅速地环顾四周，确定没有人察觉到我此时此刻的羞耻感。立刻，我又不太舒服地再次扫视田野里的沟壑，去追寻那些慌乱不堪的人影，他们踉踉跄跄，试图逃离，但是大地不会收纳他们，除非他们设法跨越那些山丘，跨越地平线。

"我在打。"加比叫道。

"打哪儿了？"目光犀利的施姆里克反驳他，"马上把枪给我。摩西，让他把枪给我！"

"我可以用步枪打那边的人！"有人说，阿里耶跪了下去，小心翼翼地用步枪瞄准，发出让人意想不到的震耳欲聋的声音。与此同时，他一跃而起，再次射击，伴随着大声的欢呼，继续捕捉猎物。直到摩西站起身说：

"别再嚷嚷了。你们是大英雄。你们打枪，就像我奶奶。够了够了。"

这时，阿里耶说："就是，你把机枪给我用用，你瞧着！"

施姆里克说了同样的话，加比勃然大怒。他们大喊大叫，呼吁整个世界见证。天空中太阳的角度、设备的调整、山丘的颜色、田野里的植被、目标在不断移动的事实。射程预估在 1200 到 900 之间，他们相互提醒，用手指向空中猛击，一次向上，一次笔直向前——打趣、否认、变得专业、对伟大的正义充满了热切的期望——最后，阿里耶跪下身子，靠枪躺下，大家都躲开了，嘟嘟嚷嚷，坚持己见，腾出地方。摩西用望远镜选中了四个人，他们刚好抵达群山一角，一身黑衣漂亮地现身。

"好吧，就他们吧，"摩西说，"用五发子弹至少打中其中一人。"他拿起望远镜。我们也眯起眼睛对第一枪充满了期待。在那一刻，四个目标的气力即将耗尽，他们放慢了奔跑的脚步，跌跌撞撞地行走，一个接一个地走下一个小河床，又一个接一个地从里边走了出来，当最后一人出现时，第一轮枪击砰地响起，第四人似乎倒下。另外三人站起来开始奔跑，向附近的灌木丛狂奔。

"一枪毙命！"施姆里克叫道，礼貌地朝加比鞠了一躬。

那时，第四人站起身追赶他的朋友。

"等着瞧吧。"① 加比对施姆里克微微欠身。

接着第二轮枪击砰地响起，紧接着便是第三轮。远处的四个人都倒了下去。我体内的某人窒息了。时光静止了片刻，一切都不重要了。我们伸长脖子以获得更好的视野，看得更加清楚。摩西没有说话。突然其中两人起身就跑，我们还没反应过来是怎么回事，他们就跳进灌木丛消失了。接着另一个人起身就跑。当第四个人站起来时，第四轮枪击响了，那个人弯下腰身，等待，然后起身——第五轮响了。他没有奔跑，而是行走。而后他显然决定要爬。突然他开始滚动，被草丛吞没。再开枪已没有任何意义。竞赛没有结果。整个事情被玷污了，谁都没心思再打仗了。我感到不能不表态了，于是我说：

"让他们走吧——不管怎样你都打不着他们……没有意义。太糟糕了……"我的词语哽住了，但没有人理会。

"让他们见鬼去吧。"阿里耶简洁地说，他站起身，抖掉粘在身上的泥土和碎屑。

无线电话务员把我们从困境中解救出来，他说他们要派一辆车带我们出去检查橘子园和果园里的小屋，然后我们进入村子。

---

① 原文为阿拉伯语。

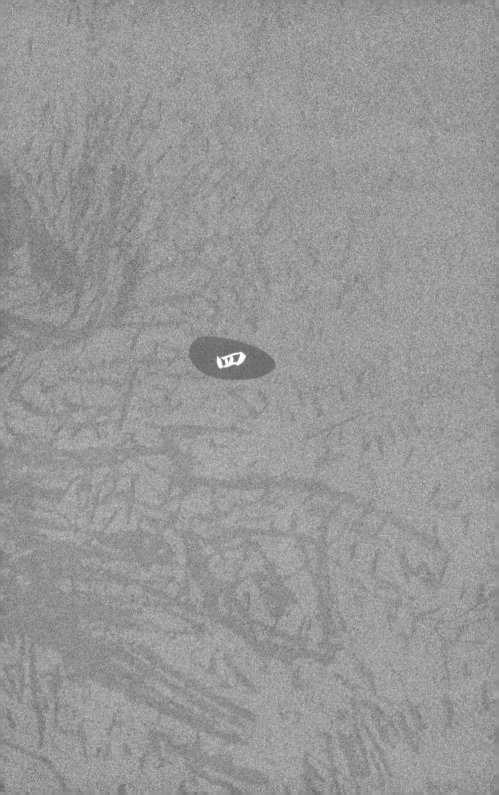

　　我们顺着泥泞的吉普车车辙缓慢地走着，吉普车四个轮子在车辙与淤泥中弹跳，显示了它那杂技演员般的技巧，多少代人曾光着脚默默地从它上面走过，毛驴也在上面留下了蹄印，而今整条小道被迫默默地留下了两道伤疤，留下泣血的泥巴和沉默。再也听不到枪声，除了偶尔不知哪里传来的一两声齐射的声音，那声音就像后来添加的东西。如果你独自在此，停住脚步，聆听片刻，肯定会听到大地在静静地咂嘴，啜饮、吸吮、舔舐着流水，还有秋日的忧郁遗痕，干燥、灼热、温暖，犹如哺乳时的催眠作用一样在舒缓地扩散。

　　最终，路终于直了，不再曲里拐弯的，变成一条直通山谷的潮湿土路，仙人球和刺槐树篱有时会将它遮蔽，有时又将其显露出来，纤细的枝条穿过锈迹斑斑的带刺铁丝网。吉普车停了下来，车上的机枪能把前面的整条路挡住，我们下了车，走进小屋和院子里搜查。对我来说，它开始了，这很重要。尽管似乎没有比无视它，简单地否定它更容易的事情了。我在这件事上与别人看法不同，事情的开始让我焦躁不安。我对原先的一切感到满足，讨厌开始有异样的感觉，我不想在任何事情上与众不同。它总是以幻灭告终。最微小的裂缝引起了关注，变成一个巨大的洞穴，开始呐喊。我控制着自己，强作镇定。

　　小屋看样子已经好久没有人居住了。恐惧以及恶毒的谣言不合时宜地迅速有了结果，一只虫子急切地蠕动着去迎接它的命运。我们踢开了土墙大木门上的小门，走进一个正方形庭院，院子两侧分别有一个小屋。若是有办法且时机成熟，那些人有时会在下面井房的墙外盖一间小屋，种一两架葡萄，搭一个凉亭，并搬来一些水泥板，不需要抹灰，至少把角落弄得非常吸引人。胡椒丛和秋茄已经烂在了杂草里与水龙头旁，玫瑰从乱蓬蓬的杂草中钻出，爬到了杂草之上，一条条小道通向果园内部的什么地方。再踢一脚，漫不经心地扫视废弃了的房屋，那是一间储藏室，布满灰尘的农作物上覆盖着蜘蛛网，样子残破不堪，油乎乎的。倾其所有精心装饰过的墙壁；房屋里面用石灰涂成蓝红相间的造型；墙上挂着各种小饰物，表明一种那根基已被摧毁的充满爱意的关怀；房屋的装潢显露出曾有女性运用智慧建筑自己的屋子，并密切关注如今已经过时的无数细节；表现出有人能够理解的有序，以及有人为方便起见找到适合自己方式的无序；锅碗瓢盆根据需要和个人好恶随意堆在一起，陌生人对此无法理解。对于习惯它们的人来说，这些破烂儿可以理解，那是一种已经失去其意义的生活方式，勤劳到了无以复加的地步，一种巨大的、极为深切的沉默降临在爱、忙碌、烦恼、希望以及幸运与不幸的时光中，如此众多尚未埋葬的残存的痕迹。

但是我们已经厌倦了看到这样的东西，我们对这种东西再也不感兴趣。对这个庭院，对这座房屋，对这口水井，对过去与现在，对它们专注的沉默扫上一眼，在里面走上一两步就已经足矣。虽然也许有一把弃置不用的干草叉，或者是一把好看的锄头，或者是一支有价值的好扳手，片刻间就能诱使你把它捡起来，在手里掂量一下它的分量，就像在自由市场或农家场院那样，还有应该适得其所的物件，甚至让人开始想要急切地顺带从水井和管道取出五英尺的马达，从高处取下横梁，从下面取下砖块，再取下木板（在自己的院子里，我们总是可以为它们找到用途），把它们送回家。捞取如此轻而易举的好处，迅速致富，收敛无主之人的财产，将其归为己有，为自己去征服，其快感真是令人满足。计划已在制订之中，马上，几乎所有的物品都已经被决定在家中派上什么用场，怎样派上用场——只是我们已经去过许多村子，把东西收敛起来，把它们扔掉、拿走并毁坏，我们太习以为常了。于是我们捡起好看的无主锄头，或干草叉，把它扔在地上，如果可能，把它对准一触即碎的东西，使之免遭不被使用的耻辱——真正的破坏，一劳永逸，使之永远沉默。

与此同时，我们向前行进，来到村子附近已经耕作过的土地上，种种迹象清楚地表明院子与房屋刚刚才被毁弃。床垫仍然摆放在那里，炉火尚未燃尽，小鸡一会儿像往常一样在垃圾里刨食，一会儿尖叫着跑开，好像就要被宰杀似的。狗充满怀疑地闻来闻去，一边狂吠，一边走了过来。院子里的工具——显然——仍常常被使用。沉寂尚未降临，只有惊异与麻木，好像结果还没有确定，事情仍然有可能被理顺，并回到原有的模样。一头驴站在一个院子里，背上驮着床垫和花花绿绿的毯子，这些东西歪向一旁，垂在地上，因为人们在装这些东西时匆匆忙忙、深怀恐惧。"他们已经来了！"人们大喊，"去他的吧，快跑！"隔壁的庭院里有个家庭菜园，里面有一块地长着精心照管的土豆，精心耕作的土壤和鲜绿的叶子在呼唤着你，让你直接回家，除了养育漂亮的土豆什么也不要做——在这所隔壁的庭院里，两头愚蠢的母羊在篱笆角落挤作一团（后来我又看见它们在我们的卡车上咩咩叫着）。一个巨大的水罐横卧在门槛上，一半门里，一半门外，平静地把最后的水珠滴进小水洼。紧挨着院子的后面便是耕地，靠在村边。

我们刚来到小路上时，一头骆驼身上驮着一大摞生活用品和被褥，摇摇晃晃地朝我们走来。骆驼的缰绳绑在它前头一头驴的驴鞍上，驴身上也驮着家庭用品、偌大的筛子和成堆的衣服，它站在那里，并美滋滋地咀嚼着金合欢树丛下的绿草，它深深埋下头，为的是吸吮更多的汁液，对它的绳索搭档完全不屑一顾；后者焦虑地抬起小脑袋，尽量伸长脖子，尽量向后倾斜，好像要避免碰撞，发出恶魔般的咯咯声和可怕的咕噜声，散发出骆驼那油腻的汗臭。一看到吉普车，骆驼便试图挣脱身子逃走，但是它的缰绳绑在了驴鞍上，阻碍了它，它鼓足力气拉扯它，摇晃它，可是驴并没有注意到骆驼的恐慌，它不允许自己分散注意力，只是继续贪婪地进食。我们的沙吾尔立即跳下车，朝骆驼咕哝了一声，那声音足以使所有的膝盖弯曲下来，接着他安慰性地用步枪枪管拍着它向后上扬的脖子，骆驼被这种它能懂的语言攫住，咕咕噜噜，哼哼嘟嘟，吐露着苦水，且已经打算在愤怒、哀号和抱怨中跪下它的前腿。就在这时，一个阿拉伯人从我们前面的浓密树篱中冒了出来，伸出双臂朝我们走来。

"军爷。"① 阿拉伯人说，他蓄着白色的短胡须，一边说话，一边走路。

————————

① 原文为阿拉伯语。

沙吾尔立即朝他端起了步枪，并朝我们喊道："看看谁来了！"

"军爷，"① 老人以不管三七二十一毅然决然的声音重复说，"真主保佑你，军爷……"②

"天啊！"③沙吾尔说，把子弹塞进步枪。

"军爷，"④ 老人大哭，不时地摊开双手指着骆驼，出于恐惧而不是出于脆弱，喘着粗气，"骆驼，军爷⑤，让我们带上骆驼走吧。"他边说边站到了他牲口的旁边，伸出他那只布满皱纹的棕色的手，抓住骆驼的肚带。

"他在叨咕什么？"沙吾尔对坐在吉普车后座的摩西说。吉普立即倒车，以一个简单的动作接近骆驼，牲口被激得躁动不安，拉开了系在驴鞍上的绳子（行李从驴背上掉下来，驴瞬间惊起，而后又立即重新安详地咀嚼篱笆深处鲜美多汁的嫩草），突然撞向老人，使之离开了原来的位置。老人吓坏了，他转向骆驼，对着它说了一个词，一个有用的词，接着他又转身紧紧地贴着驴鞍，几乎与驴鞍合为一体，充满警惕地看着正朝他碾压过来的吉普。

"你是谁？你干什么的？你从哪儿来？你想要干吗？"所有这些问题不知怎的凝固成一个阿拉伯语单词："什么？"⑥摩

———————

①②③④⑤⑥　原文为阿拉伯语。

西用拇指和另两根手指做了个姿势，用平稳的语调说。

"骆驼，军爷①，行李，让我们带走吧，我们会离开这里，为你祝福，让我们带上骆驼走吧……"

摩西对他用阿拉伯语说："老头儿你听着!"②

"军爷，听您吩咐，真主保佑您。"③

老人感到情况有所好转，变得恭顺与屈从，怀着希望，祈祷，做好应对一切的准备。

"你自己选吧，"摩西说，"要活命还是要骆驼。"

"军爷。"④老人惊恐地说。

"要命还是要骆驼?"摩西拖长了音节，皱着眉头强调，"你要为我们不再杀你而高兴。"

"军爷。"⑤老人快要流泪了，他把一只手放在胸口。"真主。"他想说。"以真主的名义"⑥，他突然发起誓来，捶打着他长着灰毛的胸脯，显然他缺少一个有说服力的词语进行解释。"我们走了——走了，"老人说，"我们什么都没有了，我们什么都留下了。"他指着周围的土地，或者是某座具体的房屋，"只剩下一些衣物和铺盖"，他的舌头快速地转动，为的是把许多解释压缩在很短的时间里，他摊开双手，就像人在神的面前。

"行啦，"摩西用阿拉伯语命令说，"快走。"⑦

---

①②③④⑤⑥⑦　原文为阿拉伯语。

"好吧，"老人说，"好吧，我们走了。"他顺从地微微鞠了一躬，身子近乎颤抖，向后退了几步，"我们走了，军爷①。"他又停了下来，想再说些什么。

阿里耶朝他头顶上方开了枪。这个人喘着粗气，双膝颤抖。他转过身，双手在空中摸索了一会儿，再次开始踉跄。我们似乎都感到了某种不安，或者说涌出了各种各样的想法。可那时阿里耶却说：

"让我，摩西，最好让我在这里把他干掉。你留着这个人渣干吗？给他们个教训，让他们彻底知道别跟我们耍花招。"

"你安静地坐这儿。"摩西说。

听到这些话，老人转过头，认为出现了某种不确定性，这可能是个可乘之机。他朝我们转过身来，他头上戴着无檐小帽，蓄着短短的白胡须，条纹长袍敞着口，露出长着灰毛的胸脯。他转身时伸出双手，喃喃地说："军爷。"②

"走哇——"摩西用阿拉伯语咆哮着，那声音简直不是他自己的了。

老人走了。他走到小路的拐角，消失了，那一刻令人感到轻松。

"你以前遇到过这样的事吗？"加比边说边擦着鼻子。

---

①② 原文为阿拉伯语。

"我不该就那样放他走……神经兮兮的，还过来问这问那，"阿里耶说，"想象一下，如果他是个犹太人，我们是阿拉伯人会怎样！……没办法！他们会把他杀掉。"可以看出来，他有许多话要说，但他只是用蝰蛇的咝咝声骂了一句。

"我们怎么处置这头骆驼和驴?"我问。

"去他的骆驼和驴吧。"摩西说。我们继续行进。

我们正包抄南边的村子，爬上山坡。右边突然现出一条山谷，笼罩在冬日的晨光中，那光线最后变成澄澈、金蓝，犹如狂风横扫一切，或犹如海浪哗哗拍岸，绿色、蓝色、黄色交相辉映，洋溢着喜悦和慷慨。一片片田野和一条条小路纵横交错，那是农民智慧的挂毯，由几代人编织而成。我们继续行进。

"我告诉你这样不好。"阿里耶喃喃地说。

"什么?"摩西问。

"我们把那个老头儿放走了。"

"对那个老头儿已经够可以的了。"他们回答说。

"够了，够了，"阿里耶发着牢骚，"你总是用这种方式，但我跟你说这样不好，有朝一日你会想起我说的话的!"

我们在一棵大西克莫无花果树的树荫下停下来，果树树冠茂密，它不是圆形的，而是参差不齐的，就像各点不对称的一颗星星。树下的落叶正在腐烂，在地上留下一片片斑驳的小湿块、一个个光圈，散发出腐烂的甜香。下面的村子已依稀可见，一个院子接一个院子，其中一些院子用石头砌成，但多数是泥屋，这是一个巨大的寂静的具有吸力的深渊，间或可听到我们的声音和枪声，偶尔也会听见驴子的叫声，那声音有时会化作阵阵尖叫，伴随着我们无线电传出的噼啪声，像小碎屑一样下沉，立即被吞噬，没留下任何痕迹。我们开始脱掉暖和的冬装，让自己舒服一些，摩西透过双筒望远镜观察前方的山谷，但并非在审视山谷的美。我们点上香烟，吃着橘子，叨咕着这个那个。我依然强烈感觉到自己是这里的一个陌生人，完全置身其外。

"他们在逃跑，他们在逃跑，"摩西说，"他们套了驴车，给骆驼装了货，他们在逃跑。"

"人渣！"施姆里克说，"他们没有胆量去战斗。"

"欧耶！"耶胡达说。他是只小公鸡，自认为可以在小天地里称王称霸，并以他对耕作技术、播种机、圆盘犁以及柴油的了解为荣，非常自信，以至于在说一些词语时都不用正常发音。"洗（显）然，"耶胡达说，没有任何依据地作滔滔不绝的演讲，他噘起嘴唇，伸出下巴，"他们木（没）有耐力！"

突然，我们被一声巨大的爆炸声惊呆了，一道白色的烟柱从村子下方扑朔迷离地升起（周遭的沉寂使噪音立刻减小，但并没有平息惊奇）。当我们把目光集中在摩西身上时，他解释说，不过是扫雷兵开始工作了，这种情况是我们完成任务的时候了。

"这就完了？搞的啥名堂——我们今天什么也没干！"加比说，他擤了擤鼻子，扣动了机枪扳机。

刹那间，一对威力巨大的炮弹接连爆炸，看着就像气球以难以置信的速度膨胀至巨大，然后爆炸，就像一个完全沉寂的世界涌回到敞开的巨大火山口。炮声对于那些逃亡者来说就像往蚂蚁窝里倒水，你甚至不用望远镜就可以看到他们拼命四处奔跑，可听见远处的声音，到目前为止依旧安静的村子也传来其他声音，尖叫声、惊吓声以及几声枪响。

现在，我们已经在西克莫无花果树荫下舒适地安顿下来了。摩西经过仔细考虑，决定我们最好从这一地点撤离，走向一条小路，路旁是吃了一半、被剪得很厉害的枣树，留下的枣树枝奇怪地扭曲着，刺多叶少地伸向空中。我们来到小路的一头，发现路中间挖了一道小壕沟，壕沟边上挖了一个废弃了的阵地，这一发现引得大家大笑起来，并对制造这一切的人的天真幼稚、军事能力及其整个愚蠢的生存境况开始诋毁。我们一边嘲笑，一边往不远处的宽阔大路望去，逃亡的村民显然是经过了那里。再往前，一边是一个菜园，菜园四周是仙人球篱笆，仙人果一头插到土壤中，与烂水果混杂在一起；另一边则是一道干河谷深沟，沟两旁长满杂草，只见两个奇怪的人坐在沟边，就像树枝上的两只猫头鹰，黑漆漆的，挤在一起，头和身体连成一体。

我们当中的一两个人朝那两人奔了过去，映入眼帘的一幕令我们立即退缩了：两个穿蓝袍、戴黑头巾的老太太伸开四肢、不成样子地躺在那里，像萎缩得可怕的怪物一样散发着新掘坟墓里的臭气，某种恐怖的、令人作呕的腐臭。她们枯槁脸庞上晶莹的蓝眼睛直盯着前方，或是因害怕而默不作声，或是陷于没有感觉的麻木中。显然，她们是被家人拖到这里的，连同床垫、菜篮和家居用品一起。她们在突如其来的恐慌中，或是在惊愕中倒在这里，不然就是被抛弃。她们停留在此，犹如午日的鼹鼠暴露在光天化日之下，就像一直藏在家里的可怕的畸形人，突然暴露出所有的恐怖，这就是我们所看到的。除了充满厌恶的唾弃，插科打诨，不正眼看，从这里逃走之外，我们还能做什么呢？恐怖！恐怖！

"是呀，是呀，我跟你说！"施姆里克厌恶地做了个鬼脸。

"她们快要死了。"一个叫施罗莫的人说。

"鬼抓她们来了！"阿里耶说。

"吓人！"施罗莫说。

"我要给她们帮帮忙，用颗子弹打中她们的脑壳，结果她们。"阿里耶说。

"她们快死了，瞧，她们活不了啦。"施罗莫重复说。

我们头也不回，继续前进，走上左边的小路。

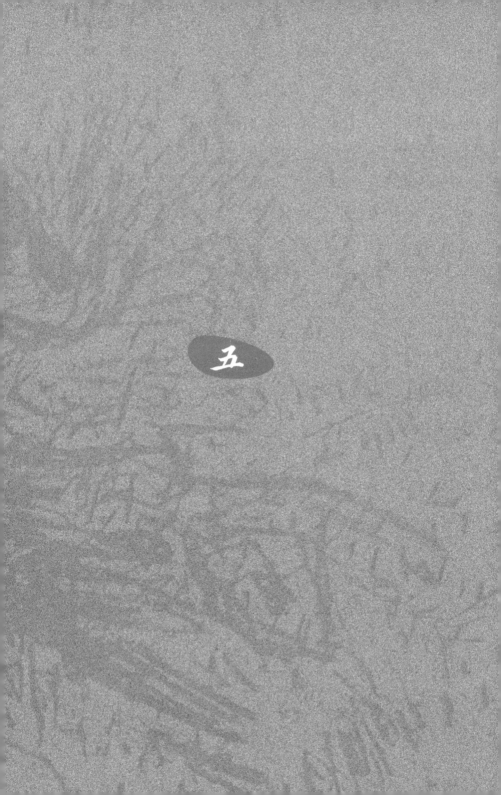

五

　　我们的车再次驶下斜坡，顺着一条小巷进到村子内部。不知小巷宽度是否能开进吉普车，我们准备应对途中任何可能发生的意外。村子一片宁静，直至最后一排仍被幽禁在院墙内的房屋，显然像往常一样呼吸着，只是带有一种新的惊奇。多少代人一线线、一行行编织出来的相同织锦，具有大量精美的细部，其中每一幅的编织理由可能早已被遗忘，被融进形式固定的结构概貌中，就像忙碌的蚂蚁在举着什么，一颗又一颗谷粒，它变得越大越完整，就愈加可耻地逐渐暴露出其缺乏目的性，其结局就愈加可耻，因遗忘曾经发生的事情而哭泣。它的罪责立即被宣判，很快，最初的一缕缕烟雾犹豫着升起，零零散散，伴随着咒骂，因为这里的一切如此潮湿，无法点燃。

　　之后，又是一声强有力的炮响，随即响起一片哭嚎声。

起初，好像是看到没有人被杀，哭声很快就被遏制，平息下来。但是嚎叫声，尖锐、凄厉、富有反叛、令人毛骨悚然的拒绝的叫喊，依然在持续，那声音令人无法躲避，你无法摆脱，你不耐烦地耸耸肩膀，看了看你的战友，想要继续前行，但那声音与被捉的受惊的小鸡发出的尖叫不同，而是像母老虎的吼叫，痛楚只能将其激怒，增强其邪恶的力量，就像已经定罪、即将被处决的罪犯在吼叫，他痛恨并抗拒着行刑人，那吼叫就像防御武器，其含义是"我不动！我不给！我宁死也不让你碰！"直到石头开始怒吼，可怕的咆哮声与短促的喘息声融在一起，之后甚至可以分辨出一些词语，但这些词语难以理解。

"他们在那边叫唤什么呢，怎么啦？"我们的无线电话务员无法自控。

"就像被魔鬼附体了。"施罗莫酸溜溜地说，斜觑着眼睛，就像有人在他耳边刮擦金属。某种可怕的东西在村中蔓延。一头奶牛开始哞哞大叫，绝望，混乱，浑浑噩噩，好像只有通过大吼大叫，她才可以在一个被打破秩序的世界里找到一个抓手。

我们有了一种突如其来的预感，仿佛就要遭到袭击，陌生的墙壁正朝我们逼近，在我们周围庄严、邪恶地窃窃私语。突然之间，我们好像断了电，失去了希望，没人知道这打击

会从何处突然降临——除非没有别的什么——只有我们自己
在此，显露出我们的形象和模样。我们来到几条小巷纵横交
错的地方，下车搜查附近的房屋，到处空空荡荡。突如其来
的灾难，空虚，心神不安的烦恼开始侵蚀着我们。可怕的尖
叫声没有停止，变成了幽怨的恸哭，断断续续地上升，嘶哑
的恸哭声已经弱了下去，再也听不到凄厉的叫喊，清楚地表
明一切都结束了、失去了，任何东西都无济于事，一切都不
会被改变。

突然间，在我们静悄悄的身后，在不祥的泥墙入口出现
了一个人。他好像是以为我们已经离开，看到我们大惊失色，
开始跑到路上。

"站好了，你这条狗！"加比厉声叫喊，朝他头顶上方射
了一轮子弹。

这个人跳到了墙边一块石头后面，平躺在那里，尽量把
脑袋缩进狭窄的空间。

"站起来！"加比说，"我跟你说站起来。"

他没有反抗，立刻站了起来。他极为恐慌。加比小心翼
翼地用枪指着他，对我们说："看着就像人渣！"他立刻扣动
扳机，放出一颗"独弹"，"独弹"擦着他头皮飞过。这个人
转了下身子，摊开双手，脖子缩进肩膀，一动不动。

加比对他说："过来。"①

这个人试图动弹一下，但发现他的腿和身体好像分了家。最后，他的双腿离开原地，可身子仍然没动。他脸上失去了血色，但并不苍白，而是露出令人作呕的菜黄色。最后，他以某种方式咽了口唾沫，再次摊开双手，试图露出顺从的微笑，一副戴着可怜面具的微笑，或者要说些什么，但是发不出一个音，甚至连一个像声音的东西也发不出。

"你在这里干什么呢？"加比审问他。

这个人再次试图微笑，但并不比原来成功。

"看着就像人渣。"加比用拇指指着他，重复道。这个人长着灰色的牙刷胡，不住地舔着嘴唇。好像他所有的存在都集中在那一舔上。他把手放在胸前，画出困惑和解释的小圆圈，没有为其灵魂找到在这一特殊时刻之前与现在发生的事情之间的可靠依据，因此他站在我们面前时，觉得地面从他脚下滑落，地球在旋转。

"他为什么在这里游荡？在你脚下徘徊的人意味着麻烦。"

"他只是没来得及走掉。"施罗莫说，他焦虑不安地环顾四周，寻找着什么。

"他干吗不逃跑？不，不。这里还有别的什么。我了解他

---

① 原文为阿拉伯语。

这种人，了解他对你们做的一切，这是在装腔作势，在演戏!"

"他们已经向他讲了我们的所作所为，显然，他快被吓死了! 你问问他，加比，问问他怎么回事。"

这时，摩西打断大家，说有人要盘问他一些问题，我们别再理他了，我们想结束此事的话就该继续前进。接着，他朝阿拉伯人转过身，指着吉普车，为了消除他心里可能产生的任何疑念，他挥起一只手要把他推进去，那个人被迫靠在一边，抓住吉普，上半身蜷进了车厢，可他长衫下的膝盖和凉鞋在车厢外面晃来晃去，那扭来扭去挣扎的样子既可笑又可悲。他们抓住他，把他像滚麻袋一样滚进车厢，这些暴力动作让他从麻木中醒来，当那个人站起来时，他终于找到了舌头。他转向加比，他觉得加比是我们的头儿，带着绝望的微笑说:

"我把一切都告诉你，先生①。我把一切都告诉你。"但那时，他感到一阵恶心，开始呕吐，我们厌恶地跳到一边。

"人渣!"加比喊道，"这个人出问题了!"

"这是吓的，"施姆里克解释说，"他把所有的东西都弄脏了。"

---

① 原文为阿拉伯语。

.

　　吉普车上的阿拉伯人蹲在那里，仍然试图用完全无意义的、充满歉意的微笑来掩饰他肠胃的痛苦，他用长袍的一角擦了擦自己，呻吟，微笑，忍住打嗝，肚子发出咕咕的叫声，抽搐。不能碰他，因为他一身污秽，呕吐、害怕和微笑令人可憎。可能是什么地方出了问题，他的样子像个体面的公民，可最后却处境窘迫——我们把手边的袋子扔给他，他过分小心地开始操作，把袋子用于各种目的：擦干、擦净、擦抹。他试图平静下来，想清楚，稳住自己，镇静下来，只是颤抖的双手令其大失所望。最后，他以为他已经弄好，朝我们转过身子，显然是要说句赞美的话，只是突如其来的炮声吓了他一跳，他的脸色一刹那发生了改变，但立刻朝我们露出七倍的微笑，紧紧抓人的微笑，一个傻瓜的微笑。

　　"也许他生病了。"有人说。

　　"你说生病是什么意思？"加比说，"他壮得像头公牛，他不过是在演戏。"

　　"他们太没有血性了，这些阿拉布人，"阿里耶若有所思地说，"就那样把个村子给扔了！嘿！如果我是他，你会看到我手里拿着杆枪。看在上帝的分上！我发誓……这样一个大村子，竟然没几个真男人。他们一看到犹太人就尿了。一辆吉普车——我们在这儿算得了什么？只有一辆吉普车和几个人，我们拿下了整个村子。只有魔鬼才理解他们！"他还说了些其他类似的话。

阿里耶琢磨这些时，我们继续往前走，来到了一个废弃的庭院，叫喊着宣布能称得上被"发现"的任何东西、小鸡以及正在奔跑的兔子。把手边吉普车油罐里的柴油倒出来一些，点燃一堆稻草或一扇木门或低矮的茅草屋顶，等着看它是怎样燃烧的，燃料烧尽之后其光晕又是怎样暗淡下来的。时不时踢一些东西，以防这些东西下面藏有什么有价值的物品。小心翼翼，因为怕有跳蚤，相互警告不要进屋，明目张胆地将房屋、院子和困在行动中的人分割开来，只剩下一个僵化的姿势，这姿势从现在开始逐渐衰减，在时间的尘埃中归于沉寂。

我们在下面的院子里发现了两个女人，她们一看到我们，就开始大哭大喊，显然是想说些东西，但无法被理解，既是因为一个人的抱怨打断了另一个人的抱怨，也是因为她们孩子哭泣般的眼泪和可怕的怪相引起的嘲笑多于同情。而且不管怎样，我们在哭喊的女人面前总会感到尴尬。直到最后，耶胡达一只手指着门口，另一只手朝她们做出像扫射一群小鸡一样的手势，嘴里不停地用阿拉伯语说着："行啦，行啦，行啦。"① 意思是：闭上嘴巴，出去吧。两个女人立刻用她们

①　原文为阿拉伯语。

宽大的白头巾的一角擦擦眼睛，抽噎着，默不作声地服从。

然后，在隔壁的院子里，我们在房屋旁边的石头上发现有个老头，他似乎是在等候我们的到来，起身欢迎我们，开始用一整套欢迎仪式和祝福来纠缠我们，甚至想亲吻我们无线电话务员的手（话务员奇怪的装备显得他很重要），但是话务员生气地把手缩了回去："滚开，还有你！"紧接着，这个戴白头巾、系黄腰带的男人开始向我们发表演说，内容包括：为什么村子里没有青年男子，只剩下老人、女人和孩子；他如何试图劝说今早逃跑的人不要走，因为犹太人不做坏事，因为犹太人不像那些该诅咒的英国人，也不像那些狗，即埃及人，等等，等等。他缠住每个看上去想听或者可能想听的人，向他们讲述。最后，有人在他滔滔不绝讲话时推了他一把，粗暴地告诉他，他应该走开，闭上嘴巴。

我们来到下面的一个小广场上时，已经有七八位村民走在我们前面，其中有个瘸子，手拄拐杖，一瘸一拐地走着。他们一直往前走，彼此都没有转身，一句话也不说，谁也不看谁一眼。因此，我们无意中成了一支安静、沉闷的队伍，成了荒凉街道上的一场小规模游行。这一切让我们开始感到沉重。我们需要摆脱它们，在某个地方伸伸懒腰，开始想点别的事情，也要休息一下。蜿蜒的小巷中，院墙上涂抹着夹杂了麦秸的泥土，墙头上一层杂乱的蓟草茎，散发着夏日的最后气息（啊，那遥远的夏日），村庄里潮湿的气味，寂静荒凉的声音，显得陌生、压抑和多余。到达下面的那个小广场时，我们的愤怒仍在积累，在小广场，来自另一个班的两个家伙看守着他们在扫荡时集中起来的一小群人。

"你们有多少件？"① 其中一个人问道。他为用了"件"这个词而洋洋自得，兴奋得像个十恶不赦的强盗。

"我们有这些。"耶胡达说，看也不看他们，但是微微点头，在点烟时用火柴盒朝他们示意。

"你瞧他们有多少人！"年轻人说，"要是他们愿意，他们用唾沫就可以把我们干掉。看看他们站着的样子。"

那一小群人挨着墙挤作一团，男女分开了，像一篮子刚捕捞上来的鲜鱼那样沉默着，依旧散发着大海的气息。他们以某种充满绝望的麻痹看着我们，但好奇心的一部分却从恐惧、耻辱、绝望、毁灭和突发的灾难中涌起。他们似乎想象谜题现在就可以为他们揭开，他们可能在期待有什么不同寻常的事情发生。

此时，我们的摩西告诉两个小伙子把整个充满期待的人群带走，将其转送到集中点，并传话说我们会再检查几个地方，然后和他们会合。他把吉普车也派给了他们，小伙子们

---

① 原文为阿拉伯语。

立刻开始叫喊，挥动着双手和步枪，就像潘帕斯大草原上的高乔人①，准备压制并平息任何麻烦。所有的俘虏听到他们的第一声叫喊后便开始行动，这有序、紧凑而唯命是从的一群人中没有任何抗议，小伙子们的大吵大嚷纯粹是充充英雄而已。然后，其中一个小伙子拿走了某人的拐杖，一根刻着花纹的圆形手柄拐杖，他立刻把步枪挎在肩膀上，抓住那根没收来的拐杖，来回挥动，推推这个，搡搡那个，每扇小门都要敲敲，每扇大门都要撞撞，步履蹒跚，炫耀地倚靠着拐杖，咧开嘴巴大笑。后来，吉普车开走了，再后来他们拐上了蜿蜒的小路，大家都去迎接自己的命运。

① 高乔人，拉丁美洲的民族之一。他们分布在阿根廷潘帕斯草原、乌拉圭草原以及巴西南部平原地区，属混血人种，由印第安人和西班牙人混血而成，保留着较多印第安文化传统。他们生性好动，热情奔放，骁勇善战。

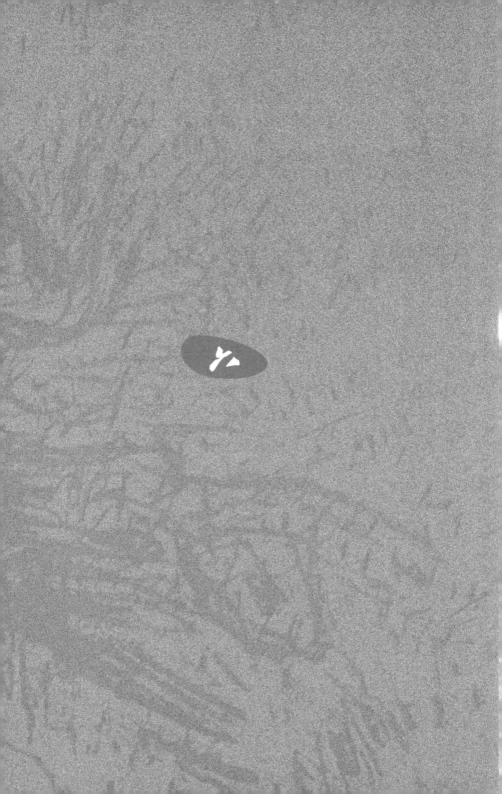

　　我们走上一条曲曲弯弯的小巷，顺着它蜿蜒行走，来到村子一头。眼前出现了一片草地，草地周围长着几棵柽柳，再往前是一块耕地的篱笆。看样子这地方在秋天是一块打谷场，郁郁葱葱的植被茂盛而整齐地来回摆动，仿佛还没有被脚踩过。潮湿的绒毛在微微毛茸茸的叶子上闪动，沐浴着柔和的阳光，阳光把整个空间化作一汪鲜绿，随着带来浅浅睡意的气息飘拂。我们被这片草丛的景象深深吸引，刚开始都没有注意到站在远处角落里的马驹，它懒洋洋地啃着跟前茂密的植被，构成一幅宁静的画面。

　　"瞧，好漂亮的马驹啊！"施姆里克指着沙毛小马驹说。小马驹疑惑地抬起头，来回甩甩尾巴，抬起后球节①，略微

---

　　① 球节，对马等动物掌指关节和跖趾关节的俗称。

踢了踢，好像要赶走一些苍蝇。

"它真漂亮，"加比说，"美妙绝伦！"

"这里完全就像另一个世界！"施姆里克说。

"它没被拴上，"加比说道，"我们要是靠近它，它就会跑掉。"

"它不会跑掉，它一定习惯了人类。"施姆里克说。

他们一步步地走近小马驹。与此同时，我们其他人蹲在墙影里一言不发地望着他们。施姆里克弯腰拔了一把大麦，引诱这个生物，要是不考虑食物质量的话，马的身边都是丰富的食物。施姆里克以自己的行事风格，在万物的欢悦声中大献殷勤，完全不顾他沉重的靴子如何玷污了那片绿地，在他身后留下一行肮脏的脚印，露出了泥土。

"过来呀，过来呀！"施姆里克恳求着。

马驹愉快地嘶叫着，朝新玩伴的方向跺着前蹄，还微微跳了几下，表明它的两条前腿被绑缚在一起。每次轻轻抚摸它，它的毛皮都会有神经质的阵阵波动，不是出于快乐，就是出于厌恶。它用潮湿的鼻子闻嗅，黑漆漆的鼻孔外面点缀着一个白圈，它的嘴唇在施姆里克拿的大麦上抖动。施姆里克拍拍它的脖子，抚摸着它的鬃毛。

"好乖乖，好乖乖。"他谄媚地唱了起来。

这时加比走了过来，在田野里留下他自己肮脏的脚印，他拍拍小马驹的屁股说："这个家伙，我想把它带回去。"接着他稍稍后退了一点，摘了一些草，放在自己嘴里，若有所思地嚼着，嘟哝说："我要把它养成一匹骏马。"

"说说你要他们干啥，"施姆里克说，"但是他们肯定有马，我跟你说！"

小马驹显然被奉承得飘飘然，决定在尘埃中舞动一下，向我们炫耀，但是它刚开始跳跃，就被绑它的绳子绊住，这让它有些生气，它用奇怪的姿势跳起，翘起尾巴，伸长脖子，好像要摆脱什么，还翻了翻白眼。

"我们得把那些东西从它身上弄下来！"施姆里克说，他看到马驹跳起，惊慌地向后退去。

"你最好不要碰它，不然你会挨踢。"加比边说边退到安全的地方。

"多么狂野！多么叛逆！"施姆里克感到吃惊，"让我们给它把绳子拿掉。"

"你最好离它远点。"加比说。

"行了，行了。"施姆里克唱诵般地冲小马驹说。他试图远远地用一把青草使之平静下来。这一次，小马驹没有等待礼物，而是越发愤怒地跳起一支叛逆的绳舞，它无效地动来动去，被绳子束缚着，自己和自己纠缠在一起，因力量没有节制而发狂。

"它会把腿折断的！"加比喊着。

"我们得为它斩断绳索，"施姆里克回答说，"不能这样。"

"它会把腿折断的。"加比又喊了起来。

胆大的施姆里克走了过来，一只手送去青草表示和平，另一只手伸出去打算抚摸小马驹，使之逐渐平静下来。他平和地哼唧着，但同时保持一副半转身的样子随时准备往后跳。小马驹一动不动地站着。它伸长脖子，脑袋朝下准备向上顶，背部像弯弓一样隆起，尾巴翘了起来、绷紧，四条腿形成一个角度，使球节紧紧贴在一起，差不多聚成一个点，就像一只要跳跃的蚱蜢，或者放箭之前拉开的弓。它保持了一小会儿这样的姿势，强硬、轻盈，充满着克制的力量，那力量随时可以带着不可控制的欲望，带着解除禁锢的喜悦以及远方广袤空间的气息喷涌而出。接着，它突然挺直了身子，仰起脖子，竖起小耳朵，头微微歪向一边，仿佛在全神贯注地嗅着风儿的气息。突然，它放松了肌肉，顽皮地转过身，优雅地对着施姆里克，把婴儿般的嘴唇伸向青草。

施姆里克得意扬扬地走近小马驹，拍拍它柔滑的脖子、微微抖动的肚子、略带红色酷似羚羊的跗关节，用温柔、充满深情的语言抚慰它。

"好乖乖，好乖乖。好啦，好啦。真好，真好！"施姆里克说。他立刻跪下来，用刀划过绑缚动物前蹄的绳索。他把头和大部分身子探进专心的小马驹的四条腿中间。

"你最好不要把头伸到那里。"加比激动地说，向前跨了一步。在那一瞬间，马驹突然发力，腾空一跃，像孔雀一样展开尾巴，鬃毛疯狂地摆动着。它又向前一跃，伸着头，猛然疾驰起来，跨过低矮的篱笆（一条前腿上挂着一截绳子），在耕地的尽头最后一次现身，而后便消失在视线之外。

施姆里克张大嘴巴，目光暗淡地站了起来，朝我们转过身，他手里拿着刀，惊得目瞪口呆，嘴里痛苦地说出几个字："哇……你们看见了吧？我说什么来着!"

此时，加比张大嘴巴，大笑起来，他边笑边咳嗽，边笑边拍着双膝，边笑边向后看着我们，又向前看着施姆里克，他试图说点什么，但内容已然在笑声中消失，我们都受到了感染，一起怒吼、尖叫、嘲笑，将浓缩了我们一整天没有说的所有东西，一下子公开、自由地在大庭广众之下展现出来。接着，阿里耶带着转瞬即逝的一丝微笑（因为他这辈子除了微笑没干过别的）对可怜的小伙子说："这是你的五十镑!"

"去你的五十镑吧。"施姆里克喃喃地说着，把刀放回鞘内，转身背对着我们，凝视着马驹消失的远方，田野里依然响起让人愉快的嘚嘚的马蹄声。

然而，我们显然在这里浪费了太多的时间。我们不情愿地起身，回到村子里的小巷。我们漫不经心地检查着房屋。

我们尽职尽责地四处张望，试图解读笼罩在心头的忧郁感觉，尽管那好像只不过是该吃午饭的征兆。施姆里克神情沮丧，拖着沉重的脚步走在后面，我们催他快点，他闪烁其词地回答说："你们懂什么！你们不会每天都能看到这样的马！"之后又陷入悲思之中。与此同时，我们也找到了几个阿拉伯人，把他们聚集成一个小组，让他们走在前面，根本没有关注他们长什么样，他们想说什么，或者需要什么；也没有关注偶尔传来的一阵哭声；甚至没关注那个人出于某种原因临时准备了一面白旗，挥动着朝我们走来，小声发表正式演说，好像他是村里的头目，把持着投降的钥匙。这个人只让我们觉得心烦，莫名的愤怒逐渐掌控了我们，使我们神情愤懑，这种神情意味着他们欺骗了我们，他们利用了我们，但是我们不打算放弃，我们什么也不会交出，然而我们并不知道不愿交出什么。

除了一些怀抱婴儿（裹在破布片和好运护身符中睡眼惺忪、流着口水的阿拉伯婴儿）的妇女，还有一些握紧双手、边走边喃喃自语的妇女之外，我们究竟在和谁打交道？也有几个默默地、庄严地行走的老人，仿佛走向审判日。那边还有几位中年男子，他们觉得自己还不够老，还不能安全地免遭即将到来的因愤怒而造成的伤害，他们觉得需要解释，并时不时在一两个眼神里流露出一种叛逆的冲动。还有一个瞎子，由孩子领着，孩子可能是他的孙子，孩子边走边困惑而好奇地朝四周张望，没注意他肩膀上的手，也没注意悬在他们头上的灾难，即使他偶尔被绊了一下，也几乎不住地盯着我们。所有这些瞎的、瘸的、老的、跌跌撞撞的人，还有妇女和孩子聚在一起的场景，就像《圣经》中描述的某个地方，我记不得是在哪里了——《圣经》场景已经沉重地压在我们心头，而此时，我们来到一片开阔的地方，那里有棵枝繁叶茂的大西克莫无花果树，我们看到全村人挤坐在树下，聚集在那里一言不发，影影绰绰的数目庞大的人群都集中在那里，一群安静的人们追随目光看到的一切，其中一人偶尔叹息："啊，天哪！"

我们带过来的那些人找到了属于自己的位置，聚集在了树下，男人和女人分开，吃力地坐了下来，你无法立即把新来的与其他的人区分开来。这里聚集了很多人，比预期要抓的人多，他们身穿深色长袍，头戴白色头巾（男人把头巾扎在低低的塔布什帽周围，女人戴的则是白色绣花头巾）。一些人坐在那里来回摇晃像是在祈祷，另一些人则漫无目的地用手指转动着蜜色琥珀或纯黑色安神串珠。还有一些人把农民那布满皱纹的大手臂抱在胸前，更有一些人用手指捻着麦秆或草叶，只是为了做点什么。他们都在看着我们，盯着我们的一举一动，他们一言不发，只是偶尔发出叹息："啊，天哪！"

　　与此同时，在女人当中，开始传来一种单调的、几乎偶然的哭泣，这哭泣偶尔化作巨大的呜咽，接着又被压了回去。有些妇女裸露出一个乳房喂她们的孩子，有些蒙上面纱，只露出惊恐的双眼，有些说些零零碎碎的词语，斥责她们的孩子，孩子已经失去了耐心，开始烦躁不安，向我们靠拢，把一只光着的脚丫放在另一条腿的膝盖上，他们的目光热切地盯着我们，瞪大眼睛看着我们的一举一动，仿佛这是一场演出。只有在很少情况下，才会迸发一声哭喊，开启遭受压抑的心灵，任泪水涌出。然后女人们都哭了起来，一位长者抬高嗓门呵斥她们，她们才逐渐控制住了自己。

　　然而，当一座石头房子在震耳欲聋声中爆炸，高大的尘柱腾升的时候——从我们这里可以看到它的屋顶平静地飘浮起来，全部展开，完完整整，突然间在高空中破碎、解体，落下一片片瓦砾、灰尘和石雨——一个女人，显然那是她家的房子，一跃而起，狂叫起来，开始朝那个方向奔去。她怀里抱着一个孩子，另一个已经能够站立的可怜孩子紧紧抓住她的裙摆，她厉声叫喊，指指点点，说着什么，抽噎。现在她的朋友站了起来，另一个人也站了起来，一位老人也站了起来，在她开始奔跑时其他人也站了起来。紧贴在她裙摆的小男孩被拖了一会儿，跌跌撞撞倒在地上，大声哭嚎，露出棕色的屁股。我们当中的一个小伙子走上前去，吼叫着让她站住。她绝望地尖叫着，把话憋了回去，用她那只空着的手捶打胸脯。她似乎突然明白，现在不再只是站在西克莫无花果树下等着听犹太人想要什么，然后回家了，而是她的家和她的世界已经终结，一切化作了黑暗，正在坍塌。突然之间，她领悟到某种不可思议的、可怕的、难以置信的东西活生生摆在她面前，真实而残酷，肢体对着肢体，没有回头路了。士兵做了个鬼脸，似乎是听烦了，再次冲她大吼，让她和其他人坐在一起。然而，女人已经听不进去警告，她把他甩在身后，开始向爆炸现场狂奔。小伙子用手一把抓下她的头巾，她的头发蓬乱不堪，暴露在众目睽睽之下，这件事震惊了每个人，也激怒了那个妇女。她一阵申斥后把头巾抢了回来，一把遮住头发，也把孩子裹了起来，那孩子正用尽他微小的气力叫着，她急忙拎起沉重裙袍的下摆，跑向被毁了的家。

"别管她，"有人说，"她会回来的。"

"军爷。"① 一位老人站了起来，显然他是村子里最德高望重的人，他从同胞中走出，向我们走来。他一只手放在胸口，另一只手伸到身前，以一个礼貌的请求手势，以一种肯定会被双方视为对话基础的礼貌方式，可以被视为与尊者对话的得体方式，朝我们走来，在我们当中寻找一个可以对话

———————

① 原文为阿拉伯语。

的人。然而，他选择的对话人不让他开口，而是指着他刚才坐着的地方说："待在原地，等着叫你。"

老人开始说着什么进行回应，或者想斥责他，但转念耸了耸肩膀，凭借拐杖和仍旧坐着的人们伸出的几只手，吃力地回到他原来的位置。他沮丧地坐在那里，叹息着说："没有神，只有安拉。"① 某种古老的《圣经》中的东西再次片刻闪现，直至其他厄运寓言替代了它，悬在空中。任何忘记了这一切必将如何结束的人，都会再次懂得眼前发生了什么。

"这地方叫什么来着？"施罗莫问。

"黑泽废墟。"有人回答道。

---

① 原文为阿拉伯语。

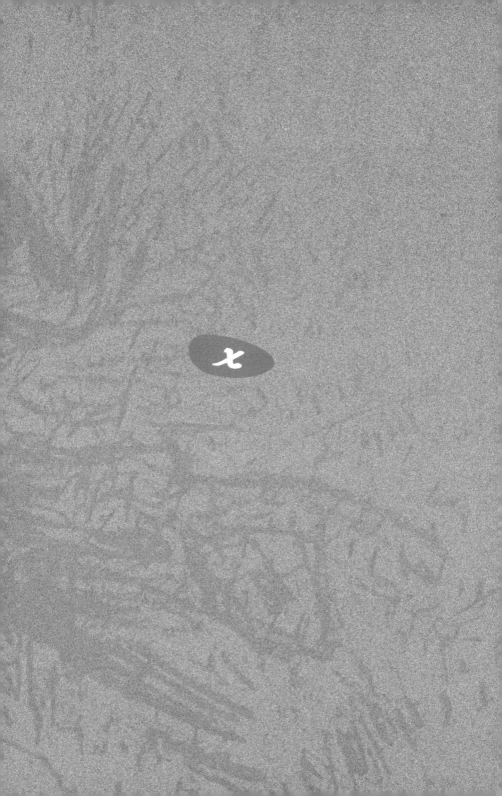

此时，我们被叫去吃午饭，午休从来没有像现在这样受欢迎。不但是为了从下边的所有事情中得到喘息，享受这一天尚存的一点温暖阳光，想想其他的事情（我们需要！），而且，只是因为我们像可想见的那样饿了。我们还没到那里，施罗莫就说：

"下面那里情况不好，会有更多的麻烦。"

"得了吧！"耶胡达像只小鸡一样呱呱叫了起来，"那垃圾能给我们制造麻烦？不可能！"

"我只是不喜欢这一切。"施罗莫重复道。

"不管怎么说，"耶胡达说，"这不是电影。"

"我只是忘不了那些坐在那里的老太太，可怕！"

没有人接话，他继续自言自语：

"就像刚一开始，我第一次看到死人、伤员和鲜血。你还记得吗？好可怕。我那时以为它一定永远困扰着我。而现在，死尸、鲜血以及所有那一切——对我一点影响也没有。"

"你习以为常了。"耶胡达简洁地回答，假装同情地点点头。

我们来到村子房屋旁的一块田地，它挨着一条宽阔的土路，把村子和远处的一条大路连在了一起。出于某种原因，我的脑海里突然涌现出一个想法，这条历经数代人万千脚步压实的小路现在会长出青草，开裂，再也不会有行人经过。我体内一直在呻吟的和弦刹那间分崩离析了，一股痛苦的浪潮冲击着我。我可以意识到，我体内那个令人讨厌的人正在咬牙切齿，摩拳擦掌。

我们试图保持冷漠，摆脱那里所发生的一切，就像一只鹅浮出水面。我们吵吵嚷嚷地发放配给的罐头和饼干，绘声绘色地说着话，伸开四肢躺在一棵光秃秃无花果树下腐烂的落叶上，努力寻找些能够令我们发笑的东西。但是在所有的事物之下，有些模糊的东西在空中聚集，尽管它很明亮，但与这里发生的事没有任何关联，只是同时变得苍白，略微昏暗，越来越浓的一团团薄雾或闪闪发光的蒸汽聚集在蔚蓝色的天空中。显然，恐怕明天或者后天还会下雨。

施姆里克还在为那匹逃跑了的马驹伤心，试图与加比进行一场非常私密而友好的谈话。他背对着我们和他说话，这样就和他的朋友加比形成一个单独的圈子，他从罐头盒里咬了一些肉：

"你不喜欢她吗?"

"谁呀?"加比冷冷地嘘了一声。

"丽芙卡，你不觉得她，我该怎么说呢，你知道，那啥，这么说吧，和其他姑娘不一样。"

"没什么两样。"加比说。

"不，不是那么回事，"施姆里克说，"她那啥，傲气，你觉得呢?"

"一点也不傲，"加比说，"也许是，与我何干?"

"你不在乎吗?"施姆里克吃惊地说，"我相信我更了解她一些。"

"你要当心啦，"阿里耶突然插嘴说，"你对待她的方式与对待马的方式不一样哦!"

我们都在欢笑，在吃东西，在填饱肚皮，在打发时光，我们开始放松了。如果耳朵没有欺骗我的话，连"家"这个字都时不时地被提到（在极有可能解决问题、找到出路的此时，你体内的心脏跳了起来）。我们剥开橘子享受其流淌的汁液时，加比嘴里填满了食物问摩西我们还要在这里做什么，他解释说，如果我们现在就完事回去，把其他所有的事情留给其他人处理有多好。他之后又加了转动舌头、磨牙等动作——枪也需要爱护。但摩西不允许。他对我们说了这样的话：

"首先，我们得盘查聚集在下面的所有阿拉伯人，识别可疑的年轻人；其次，卡车来了之后，我们得把他们全部装上车，清空村子；最后，我们得完成烧毁和拆除工作。之后才能回家。"

我的内脏因某种原因而收紧，食物也让我觉得恶心。我能够感觉到我对自己和等待我的东西感到抱歉。我不知道别人的感受，我不耐烦地等着加比继续抱怨，像往常一样提出反对意见，这样我能像往常那样得到想要的东西，他也没有浪费任何时间。"什么，"加比立刻问道，"我们今天干了什么，其他人今天干了什么？我们走了多少路，他们走了多少路？我们把机枪和弹药箱拉了多远，他们又是怎样坐在西克莫无花果树下胡闹？"加比说现在轮到我们第一次最先回家了，人们总是占我们便宜，等等——这些话越来越多地表达了我内心隐藏的、强烈的愿望，想在事情真的发生之前赶快起身，离开这里。如果必须要做，就让别人去做吧。如果必须有人蹚浑水，那么就让别人去蹚吧。我不能。绝对不能。但是另一个声音立刻在我心中响起，唱着这支歌："美丽的心灵，美丽的心灵，美丽的心灵。"① 带着暴躁的情绪，向把肮脏的工作留给他人的美丽心灵献上赞美的歌，因为双眼太过纯洁无法承受邪恶，所以道貌岸然地闭上眼睛，回避它们，以便摆脱任何令人不安的事，却看到了无法忍受的罪孽。我痛恨自己的整个为人。

然而，对于加比说的所有东西，摩西只能简洁地作答：

"就这样了。"

我们把装备归整起来，走向西克莫无花果树旁的临时监狱。我同自己辩论，而后鼓足勇气对摩西说：

"我们真的要把他们赶走吗？这些人还能做些什么呢？他们能伤害谁呢？年轻人已经……有什么意义……"

"那啥，"摩西亲切地对我说，"行动命令中是那么说的。"

"可这不对。"我抗议说，我不知道该把在我心里角逐的所有争论和言语中的哪一个作为决定性的证据摆在他面前。因此我简单地重复："这真的不对。"

"那你想怎样？"摩西说着，耸耸肩膀。他离我而去。原先出于某种原因，不全是道德力量，我本可能选择沉默，但是因为我已经开始，因为耶胡达走到了我身边，我转身对

----

① 英文版把"美丽的心灵"译为"泣血的心灵"，这里标出供读者参考。

他说：

"我们干吗要把他们赶走？"

"当然要，"耶胡达说，"你怎么处置他们？派一队士兵保护他们吗？"

"他们会造成什么伤害？"

"他们会造成伤害。造成什么样的伤害？当他们开始在路上埋地雷，从定居点偷东西，到处打探时——那时你就会注意到他们，并且知道他们会造成什么样的伤害了。"

"这些人！"

"你什么意思？他们是不是太渺小了，他们是不是太道德高尚了？还有，他们当中总是有两三个或更多的人你甚至都不了解。"

"这只是想象。"我说。

"那你的建议呢？"耶胡达说。

"我只是不知道……"

"如果你不知道——那就闭嘴。"耶胡达说。

这似乎是我从一开始就很想接受的建议。但这些话令我不堪重负。一旦开始，就不知道怎么停下来。没有人同我争论——我就自己同自己争论。我这样对自己说：可这是场战争！是战争，或者不是战争？如果是战争，那好吧，在战争中一切都是公平的。第二种声音：战争？与谁作战，这些人吗？第一种声音（若无其事地继续着）：他们并非完美的圣徒。
（但谁是呢？）即便我们的动机是好的，而且是诚实的——你不
可能走进水里又不湿身。（奇迹中之奇迹！）理解并同意我们
采取行动是一回事，但是开始行动并硬下心肠做各种各样的
事情永远是另一回事……而且，是谁非要强硬起来，并硬下
心肠呢？不管是谁，刚好强硬，而且冷漠，就可以了。稍事
休息之后，充满歉意的怒火立刻化作了反击：那些我们在战
争中迅猛攻占的村子和其他地方有什么不同吗？或者那些被
自己影子吓住、自愿逃跑的人？或者那些满是强盗的村庄？
对他们而言，索多玛①的命运已经很好了，他们难道完全不
同吗？但不是这个……不是这个……有些东西还是不明朗。
只是一种不好的感觉。就像被迫进入了一场梦魇，而且不被
允许从梦魇中醒来一样。你被好几种声音困扰，你不知道那
是什么。也许答案便是站起来反抗，但也许恰恰相反，去看，
去做，去感受，直至血液奔涌，以便……以便什么？时光在
流逝。时光在流逝。人啊！（情绪化的停顿）你如此的脆弱。
（又一次停顿）如果你看到的话，你会爆发。（美丽的心灵，
美丽的心灵，美丽的心灵！）

---

　　① 索多玛，《圣经》中的城市，位于死海东南方。城中之人沉溺于淫
乱，上帝视其有罪，用天火将其毁灭。

　　与此同时，西克莫无花果树下的聚集者越来越多。几十个人围成一圈坐着，也许一共有上百人。如果你路过时看到，忽略当时的情势，你就很容易被误导，回忆起乡村集市的时光、生日庆典、某位先知或族长的纪念活动，当时大家在每棵绿树下，在任何背阴的地方，挤在一起，在一群充满喜庆的活动着的人中等待，就像一坨面团，不理会苍蝇、气味、汗水、拥挤和喧闹，只要那件事，那件他们期待已久的喜庆之事发生——但是这种沉默没有给这种错觉留下任何空间，即使你能听到大树荫下有种恰似蜜蜂般的嗡嗡声，一种诡秘的沙沙声、涌动声和膨胀声。一个留着大胡子的人坐在人群边上，用他那双深褐色的农民的手耐心地卷着一根烟，把他长袍的下摆改造成一个小作坊，为的是把烟草末聚在一起，将其紧实地装在纸筒里，来回敲打，用打火石和火种忙活一气，直至它终于发出一道亮光，这道光被气息吹拂，并由双手捧成杯状遮护。他点燃烟，一股刺鼻的烟云升起，给他带来快感，显示了他所残存的最后一点点自由，也显示了对未来的一点希望，某种一切都会好起来的意念总会被某人一厢情愿地激起，对此他立刻表示相信，仿佛这是通向救赎的第一步，甚至用之感染他身边的人——这种美好的品质现在变得更加可悲和具有欺骗性，因为你（就像天国的上帝一样）知道他尚未得知的事情。

另一个人在他身旁，正在用手指在沙地上画着草图、斜线、交叉线和曲线，心不在焉地在沙地上移动着手指，这是另一种形式的专注，但是不难读懂他画的是什么，那是一个撕裂的男人的宣言。

如果他们当中有人站起来说："我们不离开这里，村民们，鼓起勇气做人。"那会怎样！

我的目光来回扫视。我很不自在。我感觉我在被指控犯有某种罪行，但这种感觉不知从何而来。究竟是什么开始迫使我寻找借口？我同志们冷静的行为只会让我更加忧虑。他们没有意识到吗？或者只是佯装不知？如果我告诉他们，他们也不会相信我，更别说我不知道该告诉他们什么，如果我知道如何说出我内心的想法就好了。我感到不安。我需要某种东西，某种可以抓住的东西。我坚守作战命令中那个著名的短语"派出特工执行敌对任务"。我眼前浮现出阿拉伯人对我们施加的所有可怕的暴行。我背诵希伯伦、采法特、比尔图维亚以及胡尔达等地名。我抓住了必要性，随着岁月的流逝，当一切尘埃落定时，这一刻的必要性也会清清楚楚。我再一次凝视着人群，他们在我的脚下，隐隐约约、天真地涌动，我感到不适。我在那一刻祈祷，有什么东西碰巧将我抓住，把我从这里带走，这样我就看不到接下来会发生什么了。

就在那一刻，摩西朝我转过身来，让我和无线电话务员、施罗莫和耶胡达一起上了吉普车，前去检查一下周围的情况。很容易理解我怎样一跃而起，我们怎样从所在的地方迅速地离开（所有人都注视着我们的行动），尽管道路狭窄、曲曲弯弯。这个肮脏的黑泽废墟，这场战争，整个事件。

我们的车爬上了一座小山坡，小山坡甚至在梦中也没有见过这种以如此令人目眩的胆量从它身上驶过的东西，车轮把身下的斜坡甩开，不住地掀起层层叠叠的鹅卵石；吉普车瞬间发力，铆足全部力量和快乐的欲望角逐，很快便抵达了最高点，我们在那里找了一个地方，俯瞰下面的整片土地。

第一眼望去，辽阔的土地就展现在眼前，其所有锐利的轮廓都被凸显出来，在越来越亮的光线的映衬下，高低起伏，沐浴在浓郁葱茏之中，此时，微风乍起，给我们吹来美好的气息、愉悦的气息，那气息让我们体会到一阵强烈的快感。一切都呈现出一种新的维度，各个区域时而开启时而关闭。有些东西几乎已被遗忘，但实际上看起来是坚实的，可以被依靠——直至它化作下一个真实的瞬间。突然，这里出现了星罗棋布的田野，经过耕作，郁郁葱葱。还有树影斑驳的片片果园，把这一地区分割成宁静状的树篱，向远处延伸，远方淡蓝色的地平线在色彩斑斓的山丘间若隐若现——突然，一种孤寂的渴望，犹如一层朦胧的面纱，降临在这一切之上。永远不会被收割的农田，永远不会被灌溉的种植园，将要荒芜的小路。一种毁灭感，无价值感。一幅到处布满蓟草和有刺灌木的图景，一片荒凉的昏黄，一片喧闹的荒野。从那些田野中，已有指责的目光望向你，那无声的责备目光就像怪罪你的动物，紧盯着你，追随着你，令你无法躲避。

随之，我们远远地看到，与我们隔着条宽大土路的另一座小山上，几辆卡车沉重地晃来晃去，像盲甲虫一样爬行，在坑坑洼洼的路上挣扎，还听不到它们的声音。在我自己还不知道的情况下，我的想法显然已表露在脸上。正在通话的无线电话务员转过身来对我说：

"你今天有些情绪，怎么啦?"

"我今天没有任何情绪，什么事也没有，"我带着一个男人出于憎恨诅咒另一个男人时的强烈愤怒，用一种并不完全像日落时绵羊反刍声的口气吼道，如果他不介意的话，"你想挨揍，就过来挨揍吧!"因为他的脸色暴露出他心里的想法。

我们从山顶上下来，来到死亡之口（这令我内心非常愉悦），来到另一个种植园，当我们陷入烂泥潭，疯狂地前后移动，试图找寻出路时，耶胡达从车里爬了出来，帮忙推车，一坨泥巴浇在了他的身上，他又回到我们身边，脏乎乎的泥巴滴滴答答，四处飞溅。他对司机歇斯底里地吼叫，因为他的俏皮话不再好笑，他咒骂我们的笑声与嘲弄，发誓说要做个样子给我们看看。当我们终于回到土路上时，他的怒火仍未平息，我们好言相劝，说等泥巴一干就会整块掉落，不会留下任何印记，因为泥巴不是污垢，只是湿土而已，但他的怒火还是不能平息。

我们继续在荒芜的小路上绕行，在树篱间徘徊，像受惊的绵羊一样挤在一起，穿过开阔的、松软的、吸水性很强的小道，小道之外的庄稼好像从远古时代起就发芽了，在微风的吹拂下泛起一阵阵浅影，像往常一样起起落落。但我在想象中看到一只手坚定地刻下"不会被收割"的印记，我们疲惫不堪地穿过整个田野及其周边地带，穿过休耕地、耕地，被吞没在微微颤抖的山峦之中。我们考察了村子及其田地的整个农业规划，摸清了他们选地种植的目的，掌握了他们菜田布局上的考量。他们利用大田作物、休耕地和作物轮作的目的现在对我们来说很清楚，这一切如今如此显而易见（即使你可以计划一些更适合我们口味的东西，事实上在不知不觉中我们已经开始这么做了，我们没有人意识到这点）。他们现在只想回去做原来在做的事。有的地块休耕，有的地块经过精心设计播种，一切都经过深思熟虑。他们看过云彩，观察风向，也可能预见到干旱、洪水、霉变，甚至田鼠。他们还计算了价格涨跌的影响，因此如果你在一个行业受到亏损的困扰，就会被另一个行业里的收益拯救，如果你在谷物方面亏损，洋葱可能会来拯救你。当然有一点他们没有算到，

有人会在这里游荡，降临到他们广阔的田野上，要把他们
赶走。

　　道路泥泞，我们绕着田野尽头兜了一圈（没有人出现，
只有一次我们在旁边的小山上看到几个人，但一枪就把他们
打散了，他们仿佛被大地吞噬了一般）。耽搁一段时间之后，
我们又回到了宽大的土路上，我们的吉普开到那里时，四辆
大运输车排成一排，在一道长长的水坑前面等候，水坑选择
了懒散，在马路中间安然入睡，没有给两边留下可以通行的
空间。司机及其助手站在水坑边，咆哮着向另一边提出建议
和警告。他们一边做出一些其他表情，一边说自己已经受够
了雨水，从现在起一切见鬼去吧。在他们看来，世上任何阿
拉伯人都不会因挪动精致的双脚走到这里而受到伤害，并为
此感谢我们！此时面对他们的是我们的中尉，他在对面冲他
们咆哮，但很明显，他没有取得任何进展，事实上，他的气
势正在被对面压过，他关于汽车不会沉到积水底部的说法没
有被任何人接受，因为他们拒绝相信水下有底。于是，我们
的吉普车被选作试验品，他们建议我们穿过水坑时既不能太
快，也不能太慢，这样才不会被卡住。恰好开到水坑中央时，
我们的引擎不知何故熄火了，但无关紧要，片刻之后它又启
动了，吉普车轻而易举地穿过了水坑，在两边溅起浑浊的水
花，一股脏兮兮的水柱找到了耶胡达衣服上仅存的一点干燥

之处，这个可怜的家伙被激怒了，只能保持一种不祥而滑稽的沉默，但事情没有解决，司机们不听指令，宣布他们现在就要设法在肮脏的土路上掉头，我们应该把我们的阿拉伯人从树篱缝隙中带上来。如他们一开始所预料的，我们白白浪费了这么多时间，一无所获。我们的中尉又爬上吉普车，回到村里，指示我们拓宽缝隙，准备通道。

除了用枪托随意敲打两三片仙人掌叶子外，我们自然谁也不会动一根手指头，而是坐下来看着司机们操纵着笨重的车辆在狭窄的道路上挣扎，用专业知识、艺术眼光和香烟烟雾评价他们的一举一动。但是耶胡达走到了另一边，阳光明媚的那一边，站在那里失望地看着太阳，对它的力量感到惊奇。在进行这些活动的时候，我们没有注意到第一批阿拉伯人的突然到来，他们站在我们面前，衣服上散发着独特的气味。刹那间，我们的笑声消失了，摆出好奇、尽职的神情。在我的印象里，我们感觉到这里在发生一些事情，显然比我们预期的要重大。

我不知道在他们离开之前是否被告知过等待他们的会是什么，或者他们将被带到哪里。不管怎样，他们的外表和步态令人想起一群困惑、顺从、呻吟的绵羊，无法评估自己的处境。不过，不时有几个人似乎想象到最坏的结果，有些人甚至会心怀恐惧、惊慌失措，默默地怀疑他们正被带向屠场。

第一群人站在树篱豁口旁，这块土地可能属于他们当中的一人。这个地方在我们眼里什么也不是，在他们看来却是一个特定场所，离一些东西很近，离另一些东西很远，属于某个人，比某条宽大的土路可有意义多了。他们目不转睛地盯着卡车，渐渐意识到正在发生什么。他们转身看我们，在我们中间寻找一个可以对话的人，可以指望得到什么的人。其中一个穿着条纹长袍、皮带上系着亮晶晶搭扣的人举起左手，他的手指像不工作的工人的手指那样弯曲着，嘟囔着什么。立即有人冲他大喊大叫，那声音听起来有种不必要的响亮和刺耳："行啦，行啦!"① 无名的人群开始移动，他们在豁口处弯下腰身，一个接一个地走过来，排成一排沿着低矮的仙人掌篱笆继续往山上走去，又从第一辆卡车旁的水坑另一边走出来，卡车的尾门已经被放了下来。

司机和他的同伴站在那里，让他们保持移动，朝这个人或那个人伸出手去，推搡他们往前走，朝某个人说句话，评论说这个人很胖，那个人一定是个真正的混蛋，另一个人那么老，一定有八十，甚至九十岁了。令人震惊的是，他们没有一个人抗议或者反抗。他们听天由命地爬上卡车，挤在一起。

---

① 原文为阿拉伯语。

"就这样了。"司机心满意足地说。

"数数你这边有多少人。"他们从水坑这边冲他喊话。

"他们怎么会什么东西都没带?"司机问。

"什么东西?"他们问他。

"财产,铺盖,我不知道。"

"没有东西,什么也没有。把他们从这里带走,让他们见鬼去吧。"他们从我们这边回答他。又有一些东西不对或不合适,但没有人干预。

就在这时,一个阿拉伯人,穿条纹衣服、戴亮晶晶皮带扣的那位突然从卡车上朝我们转过身来,说:

"军爷,"① 他说话时声音愈加有力——"军爷们。"② 他改成了复数形式"军爷们"为的是说给我们所有的人听。他开始讲话,背诵,阐述,就像在宣读圣书,颇有几分某人知道他无辜又能够自证清白时的激情。但我们几乎听不懂他说的大部分内容,他发音中刺耳粗嘎的辅音就像他的声音一样对我们来说显得奇怪,近乎夸张。我们的沉默只会鼓励他,他挥动左手强化他的要求,卡车车厢里似乎传来窸窣的赞许声,大家都在期待着任何成功的迹象。但与此同时,下一拨人开始走了过来,我们不再注意他。

---

①② 原文为阿拉伯语。

新来的人排队移动。看到卡车上比他们先到的人，他们吓了一跳，停住了脚步。队尾有几个女人，哭声是从她们那里传来的。（我的皮肤开始感到刺痛。）这一次好像要出事了。两个老头从我面前走过，边走边小声嘟囔，既对彼此，又自言自语。他们试图在吉普车对面停下来，这在他们看来似乎是一个荣耀之地，这里可以允许他们说话，但有人朝他们挥挥手说"走啦，走啦"①。他们按照吩咐去做了，但是并没有穿过树篱缝隙，而是径直穿过水坑，随意地撩起长袍的下摆，光着脚丫轻轻击水，仿佛蹚水走过水坑并没有什么特别之处，其他人跟在他们身后，假定这就是路，水花四溅。有人叹了口气，脱掉鞋子蹚水而过。我不知道为什么这一举动看上去如此丢脸，有辱人格。就像动物，我想，就像动物。然而，当女人经过时，其中一人朝我们转过身，抓住施罗莫的衣袖，哭泣着哀求他。施罗莫一把将她甩开，四处张望寻找建议，或者也许是在寻找向她表示同情的许可。但是，耶胡达站在那里，完全忘记了他弄脏了的衣服，严厉地对她说："走啦，走啦，②你也一样。"女子吓了一跳，朝前走去，不知是出于解释还是借口，施罗莫轻蔑地说："她自己一个人留在村里干什么呢……"

---

①② 原文为阿拉伯语。

接着，一个女人抱着一个瘦小的婴儿向我们走来，就像拖着一件并不想要的物件，一个面色苍白、憔悴、病态、身材矮小的婴儿。她母亲把她裹在褴褛的衣衫里，在我们面前挥舞、摆动着她，她和我们说话时，既不像是讽刺也不像是愤慨，也不像在激烈地哭泣，但或许三者兼而有之："你们想要她吗？把她带走吧，你们把她带走吧，养着她！"我们厌恶地皱起了眉头，她显然将这一幕视作成功的标志，继续一边用一只手摆动着这个裹在脏兮兮破布里的可怜的小东西，一边用另一只手捶着她的胸脯："来吧，把她带走，给她面包，你们把她带走，养着她。"直到有人打定主意，对她说："行啦，行啦。"[①] 甚至扬起了他的手——我不知道为什么——她逃走了，半笑半哭，走进了水坑里，挥舞着手里的婴儿，断断续续地又哭又笑。

"他们就像动物一样！"耶胡达向我们解释，但我们没有回答。

女人们被聚集到另一辆卡车上，她们开始尖叫、哭泣，没有人羡慕那些不得不看管她们的人。卡车旁边有一个人抬高嗓门对她们大喊大叫，说她们没有什么可哭的，因为我们不会对她们做任何事情，只是带她们去找她们的丈夫。但是

---

① 原文为阿拉伯语。

人们既听不进去他的阿拉伯语，也听不进去他讲的理由，尖叫和哭泣愈演愈烈，他给她们开了个口子，她们就朝他一股脑地宣泄、要求、抱怨、指责、祈求和恳求，直至他慌乱退却，另一个人声嘶力竭地叫她们安静下来，把他从困境中解救出来。

接着又有几个人走了过去，什么也不说，也不看我们一眼，他们的样子让我们觉得自己像个没用的闲人、游手好闲的流氓。接着一个瘸子走了过去，用他那条木腿在潮湿的沙地上戳了几个小洞。他出于某种原因朝我们满怀歉意地笑了笑，希望进入水坑，此时一个念头闪过我的脑海，真应该让他绕过水坑，或者干脆把他丢下。一个矮胖的男人走过来，走到我们跟前时，他试图大声喊叫，喘着粗气，吮吸着唾液，不是要朝我们吐口水，就是为了腾出地方大喊大叫。但他最后勉强做出强有力的手势，打算解释、威胁、要求或询问，然后深深地叹了口气，又叹了口气，继续往前走去。接着来了四个盲人，每个人都扶着前面那个人的肩膀，空下来的一只手拿着棍子摸索着，他们的眼窝微微上翻，而且过多地向一边偏移，好像耳朵先行一步似的。除了盲人具有特殊的注意力，害怕迈出下一步会被绊倒外，他们被巨大而普遍的恐惧折磨，因为他们对自己要去哪里、他们要去的地方有什么、其他人在做什么一无所知。于是他们摸索着前行（他们居然能够设法找到彼此形成一个群体，真是太神奇了），当他们到达水坑的时候，有人走过来抓住第一个人的手，第一个人朝他点了点头发稀疏的头，神经越发紧张，说："坐这里吧。"①他们转身回到路堤上，伸开四肢坐在他们曾经站立的地方，想知道一切是怎么回事。他们让一个严重驼背的老人坐在身边。我们感受到一种行乞、流脓和麻风病的氛围，所缺少的只是挽歌之音，以及能救人脱离死亡的公义。②

"呃，真恶心！"施罗莫说。

"他们最好死了吧！"耶胡达说。

"这个村里有多少瞎子和瘸子！"施罗莫说。

"其他的人逃跑了，把他们给我们留下了，"耶胡达说，"但现在绳子跟着水桶，他们该物归原主了。"

"可是我们干吗要管这些呢？"我脱口而出，比我预料的更为激烈。

"对的，"施罗莫表示同意，"我宁肯打十次仗，也不愿意干这个！"

"与你何干！"耶胡达咕哝着，用手指甲抠着一层层凝固了的泥巴。"我们拿他们怎么办？把他们杀掉吗？我们把他们

---

① 原文为阿拉伯语。

② 原文出自《箴言》10:2，略有变动。

给带到那边，让他们坐在那里等着。我们很得体了，他们在世界任何地方也不会得到这么好的待遇。不管怎样，没人要求他们和我们开始。"他停顿片刻，思忖了一下，补充说："他们在那边会遭遇什么？让他们问问他们热爱的领袖。他们吃什么，或者喝什么？在开始之前他们应该想到那些！"

"开始什么？"我说。

"你不要把自己打扮成圣人！"耶胡达愤怒地说，"现在我们终于在这些方面建立了一些秩序！"

但是施罗莫接着往下说："当你去一个地方，你可能会死，这是一回事；但当你去一个地方，其他人可能会死，你只是袖手旁观，这是完全不同的事。至少我是这么想的。"

"你也一样！"耶胡达喊道，"别想那么多。要是你那样想的话，你可以和他们一起去，去他们去的地方。要是你那样想的话！"

"别冲我嚷嚷！"施罗莫喊道，"我没问你我该去哪儿。"他说着就离开了我们。

"太刺激了！"耶胡达这话是对整个世界泛泛说的，而不是对某个特别的人说的，"我想看到阿拉伯人在'他们'的村子里，在'他们'居住的地方，征服'他们'的时候！"

"这就是原因。"我开始说话。

"什么这就是原因，没有人要求他们发动这些战争，做这些事情。你们这些伟大的圣徒们！因为他们，我们自己抛洒了太多的鲜血！那些家伙！让他们自食其果吧。"

这时，我们看到一个女子，她和另外两三个女子走在一起。她牵着一个七岁左右孩子的手。她身上有种特别的东西，她在悲伤中表现出坚定、自制、冷峻。眼泪，顺着她的脸颊流淌下来，几乎不属于她自己。孩子也在绷紧嘴唇哭泣道"你们对我们都干了些什么？"突然间，似乎只有她一个人知道这里到底发生了什么。我在她面前感到如此的耻辱，垂下眼帘。母子俩的步态里似乎含有一种呐喊，一种阴沉的指控：混蛋。我们还注意到她太骄傲了，根本不正眼瞧我们。我们知道她是一头母狮，我们看到，她脸上的线条已经僵硬，出现了自我克制的皱纹，并决心勇敢地忍受痛苦。我们看到在她的世界变成废墟的此刻，她是如何不想在我们面前崩溃。母子俩的痛苦和悲伤超越了我们邪恶的生存，他们在自己的路上继续前行。我们也可以看到男孩的内心正在出现某种东西，当他长大后，这种东西只会在他内心里变成一条毒蛇，就像眼下一个无助孩子的哭泣一样。

有什么东西犹如闪电一样击中了我。突然间，一切似乎都具有了不同的含义，更确切地说这含义便是流亡，这便是流亡，流亡就是这个样子，我们把他们送去流亡。

我无法待在原地不动。这地方容不下我。我绕到了另一边。几个盲人坐在那里。我急忙绕过他们，沿着豁口进入仙人掌篱笆围成的田野。我内心积聚的东西越来越多。

我从来没有经历过大流散①——我对我自己说——我从不知道大流散是什么样子……但是人们已经从四面八方，在书上、报纸上、所有的地方向我说起、讲起、教授起，一遍遍地向我讲述：流亡。它们作用于我的每根神经。我们民族向世界抗议：流亡！它显然和母亲的乳汁一起早就进入我的体内。我们今天在这里干的实际上又是些什么？

没有地方可以徘徊，或使自己与之拉开距离。我走下去和他们混到一起，就像某人在找什么东西一样。

我的耳畔响起说话的声音，我不知道来自何处。我从他们中间穿过。从那些大声哭泣的人们中间，从那些默默地咬牙切齿的人们中间，从这些为自己和为所弃之物难过的人们中间，从那些抱怨命运或默默地屈从于命运的人们中间，从那些为自己和自己遭受的耻辱感到羞愧的人们中间，从那些已经计划以某种方式解决问题的人们中间，从那些为会荒芜的田野而哭泣的人们中间，以及那些因疲惫而沉默、被饥饿

---

① "大流散"与"流亡"都是指历史上犹太人数次被逐出家园、散居到其他地方的经历。此处所说的"大流散"特指公元 70 年罗马人血洗耶路撒冷、捣毁第二圣殿后犹太人又一次踏上流亡之旅，直到 1948 年以色列建国这段将近两千年的岁月。

和恐惧吞噬的人们中间穿过。我想知道在所有这些人当中，是否有一位耶利米①在流亡的卡车上悲悼，怒火中烧，铸就心中的愤怒之口，用压抑着的声音向天国中衰老的上帝呼喊……

　　路上的水坑现在已蒙上一层阴影，水面上泛过的涟漪渐渐平静，抚摸着天空的倒影。我在寻找一种解释，解释遍布我周身的颤抖，解释这回声来自何处，那是在我耳畔响彻的沉重脚步的回声，那是其他流亡者脚步的回声，朦胧、遥远、近乎神话，然而蕴含着愤怒，犹如哀诉，犹如雷声隆隆，遥远而来势汹汹，预示着阴霾。比它更远的地方，还有带着恐惧的回声。我再也无法忍受……

---

　　① 《圣经》中的希伯来先知。

我碰到了摩西。

"你这样看着我干吗?"摩西问。

"这是一场肮脏的战争。"我声音哽咽地说。

"那么请问,"① 摩西说,"你想要什么?"

我确实想要一些东西,我确实想说一些事情。我只是不知道怎样说才是切合实际的智慧,而不单纯是某种情感的表达。无论如何,我需要动摇他,我需要让他尽快正面了解到事态的严重性。

然而,摩西把帽子从额头上推开,像一个因工作太多而筋疲力尽的人,像一个和朋友说话的人,在衣兜里胡乱趸摸着香烟和火柴,试图用词语来掩饰他刚刚想到的东西,并且

---

① 原文为阿拉伯语。

回答了我。

"你听我说就行了，"摩西说话时眼睛直视着我，"我们的移民会来到这个黑泽，叫什么来着。你听我说话了吗？他们会占据这块土地，在这里劳作，这里会很美。"

当然，绝对。我为什么没从一开始就意识到这一点呢？我们自己的黑泽废墟，安置问题和接纳问题。好哇，我们会安置和接纳，我们该怎么做！我们会开一家合作商店，建一所学校，或许甚至建一个犹太会堂。这里会有政党。他们会就各种各样的事情展开辩论。他们会耕田、播种、收割，成就大业。希伯来人的黑泽废墟万岁！那时，谁会想到曾经有某个黑泽废墟被我们清空，并据为己有。我们来了，我们开枪，我们放火，我们轰炸，我们驱逐、驱赶、放逐他们。

天哪，我们在这里做了些什么！

我的眼睛来回扫视，什么也看不清。我身后的村子已经开始陷入沉寂，村里的房子聚集在山坡上，四周树梢攒动，太阳在树梢背后造就无声的阴影，它们陷入了沉思之中，它们知道的要比我们多得多，审视着村庄的寂静，同样的寂静正越来越多地密谋着营造一种独属于它们自己的氛围，意识到遭遗弃，因分离造成的沉重悲伤，空荡荡的家，荒芜的海岸，波涛汹涌，光秃秃的地平线。那种同样怪异的沉寂犹如一具死尸。为什么不？算不了什么。一天的不适，接着我们的人就会在这里扎根多年，就像溪水旁栽种的一棵树。就算这样，恶人怎么办……他们已经在卡车上了，很快他们不过就是已经完成的一页纸，翻篇了。当然，这难道不是我们的权利吗？难道我们今天不是把它征服了吗？

我感到自己险些摔倒。我设法让自己振作起来。我的五脏六腑在呼喊。"殖民者。"它们喊道。"撒谎。"我的五脏六腑喊道。黑泽废墟不是我们的。斯潘道机枪从来没有赋予我们任何权利。哦，我的五脏六腑在厉声叫喊。关于难民，他们还有什么没告诉我们的。一切，一切都是为了难民，他们的福利，他们的救援……自然是我们的难民。我们要赶出去的那些人——完全是另一回事。等待。两千年的流亡。整个故事。犹太人饱尝杀戮。欧洲。我们现在当家做主了。

那些即将住到这个村子里的人啊——难道这些墙壁不会在他们耳边哭喊吗？那些景象，那厉声的以及不是厉声的叫喊，那迷途羔羊的稀里糊涂的纯真，弱者的顺从，还有他们的英雄主义，那些拥有独特英雄主义的弱者不知道该做什么，而且什么也不能做，沉默的弱者啊——新的定居者难道不会感觉到这里的空气中布满了阴影、声音和死死盯着他们的目光吗？

我想做点什么，我知道我不会呼喊，到底是因为什么让我成了这里唯一兴奋的人？我是由什么黏土捏成的？这一次我犹豫了，在我的内心深处，有一种想要反抗的东西，一种破坏性的、异端的东西，一种像要诅咒一切的东西。我能向谁诉说？谁会倾听呢？他们只会嘲笑我。我心里感到一阵可怕的崩溃。我有一个固定的想法，就像由锤子凿过的钉子一样。只要那个与母亲一同走向流亡的哭泣的孩子，那个他的母亲愤怒地强忍住她无声的眼泪的孩子，只要他在流亡途中依旧泪光闪闪，只要孩子还在背负不公正的怒吼和尖叫，我就无法接受任何东西——那一刻来临时，世上任何人也不能把那尖叫收集起来——我对摩西说："我们没有权利把他们从这里赶走，摩西！"我不想让自己的声音颤抖。

摩西对我说："你又来了！"

我意识到我的行为不会有什么结果。

这看上去如此耻辱，一种奇耻大辱。

第一辆运输车在我没有注意的情况下已经开动，正爬上一条大土路。（如果我能从一辆运输车走到另一辆运输车，对他们低声说：回来，今晚回来，我们今晚就要离开这里，村子里就会空无一人。回来！别让村子空着！那就好了。）第二辆运输车也随即开动了，这辆车装的是女人，她们用蓝色长裙和白头巾装扮着卡车，一声哭嚎直上云霄，与卡车在潮湿沙土上艰难行进时发出的呜咽声融为一体。

（盲人肯定被遗忘在这里的路边。）时值下午，风的怒气冲破天空的宁静，天色暗淡下来，预示着明后天将会有场新雨。村子里零零星星从潮湿的材料中冒出一缕缕白烟，这些材料既不肯燃烧，也不肯熄灭，就这样不住地冒烟，半烧半燃，一连几天，直到突然有一面墙壁或屋顶坍塌。一头牛在什么地方吼叫。

当他们到达流放地点时，夜幕已经降临。他们的衣服成了他们唯一的被褥。好吧，能做什么呢！第三辆卡车开始隆隆作响。有没有某位占星家已从村子上空星辰交汇的地方或者占星象中看到这里发生的情况？我们的内心是多么的冷漠，仿佛我们只是流亡中的小贩，我们的心在流亡过程中变得粗糙。但这也不是重点。

结局将是如何？

山谷平静下来。有人开始谈论起晚餐。远处泥土路尽头，一辆遥远的、暗淡的、摇摇晃晃的卡车，就像装满水果或农产品或什么东西的重型卡车，正在逐渐被吞没。明天，无论是痛苦的屈辱，还是无助的愤怒，都会变成一种不经意的怒气，让人觉得可耻，但很快就会消逝。一切突然变得如此公开，如此之大，如此巨大。我们都变得如此渺小和微不足道。很快，世上就会出现这样的时光，到那时，下班回家时筋疲力尽，与人见面，或独自行走，默默地行走，都是件幸事。

四周笼罩在寂静之中，很快它就会蔓延到最后一层。当寂静笼罩一切时，没有人打扰这片静谧，静谧无声地渴望着超越寂静的东西——那时上帝会出现，降临到山谷巡视，看看一切是否与传到祂那里的呼声一致。

1949 年 5 月